D1153322

Een vader voor altijd

www.dolfverroen.nl

Dolf Verroen

Een vader voor altijd

LEOPOLD / AMSTERDAM

2011

Eerste druk 2010
Copyright © tekst Dolf Verroen 2010
Omslagillustratie: Peter-Paul Rauwerda 2010
Omslagontwerp: Marjo Starink
Uitgeverij Leopold bv, Amsterdam / www.leopold.nl
ISBN 978 90 258 5715 8 / NUR 283

Mixed Sources
Productgroep uit goed beheerde bossen
en andere gecontroleerde bronnen
www.fsc.org Cert no. SCS-COC-001256
© 1996 Forest Stewardship Council
FSC

Uitgeverij Leopold drukt haar boeken op papier met het FSC-keurmerk.
Zo helpen we waardevolle oerbossen te behouden.

I

Kevin stond onder de poort, zijn handen met de bal boven zijn hoofd. De jongens bleven doodstil staan. Zo leek het tenminste. De dokter kwam de voordeur uit en liep met grote stappen naar de auto. Ze smeet het portier dicht alsof ze kwaad was.

Kevin liet zijn armen zakken.

'Wat heeft hij eigenlijk?' vroeg Rowan aan Stef.

'Zijn vader kan niet kakken,' snauwde Anton. 'Dat weet je toch.'

Rowan knikte.

'Ja, als je niet kakken kan...'

'Ruben,' riep mijn moeder uit het raam.

Stef gaf me een stomp in mijn rug.

Dat voelde lekker. Net of het allemaal wel meeviel.

De voordeur was open en mijn moeder stond boven aan de trap.

'Waar blijf je nou,' zei ze. 'Pappa moet naar het ziekenhuis. De ambulance kan ieder ogenblik komen. Doe een ander T-shirt aan. Hier zit een vlek op.'

Ze ging op de boventrap zitten, haar handen in haar schoot.

'Die dokter geloofde niet dat pappa al vaak naar de huisarts was geweest. Zeker een kwakzalver, zei ze. Ik kon haar wel vermoorden.'

Pappa lag op de bank in de kamer. In de gang kon ik hem horen kreunen.

'Schiet nou op,' zei mamma. 'Straks zijn we te laat.'

'Sta dan op. Zo kan ik er niet langs.'

'Sorry,' zei mamma. 'Ik ben een beetje in de war.'

Ik glipte langs haar heen naar boven. Terwijl ik een schoon

T-shirt aantrok, parkeerde de ambulance. Van boven aan de trap probeerde ik te zien hoe ze de brancard met pappa erop naar beneden brachten. Het lukte niet. Ik hoorde stemmen en zag een groene schouder van een ambulanceman. Even later niets meer. Ze waren buiten.

Mamma had haar jas aan, hoewel het niet koud was.

'We kunnen niet allebei mee, dus wij rijden erachteraan,' zei ze gejaagd. 'Kom nou.'

De jongens waren niet meer aan het voetballen. Ze stonden bij elkaar onder de poort. Ze keken niet naar mij. Behalve Kevin. Die stak zijn hand op toen we de hoek om gingen, de straat uit.

2

Het werd een raar ritje.

Het was bevrijdingsdag en overal hingen vlaggen.

In de straat achter ons waren ze spelletjes aan het doen. Eieren lopen. De ambulance loeide en reed stapvoets verder. De kinderen sprongen opzij. Een kind liet zijn ei van de lepel vallen. Het was geen echt ei. Zachte steen, gips, dat op de grond uit elkaar spatte.

In de stad was het druk.

Zelfs in de auto kon je het gegil van de ambulance horen, maar de meeste mensen trokken er zich niets van aan. Ze bleven naast de stoep lopen alsof ze niets merkten, sabbelend aan een suikerspin, een zuurstok of ijs.

Hoe langzaam de ziekenauto soms ook ging, we konden hem niet bijhouden.

Mamma werd hyperzenuwachtig. Ze schampte bijna een auto en joeg een fietser de stoep op. We passeerden een draaiorgel. Pas een tijdje later hoorden we de ambulance en konden we hem inhalen.

Bij het ziekenhuis kon mamma geen parkeerplaats vinden en toen we er een hadden, durfde ze niet in te draaien.

Gelukkig waren we nog op tijd.

Pappa werd door twee verpleegsters weggereden.

3

Mamma moest naar de balie om hem te laten inschrijven. Ze stond te wiebelen alsof ze naar de wc moest. Ze gaf ongeduldige antwoorden, volgens mij snauwde ze zelfs, maar de mevrouw achter de balie deed of ze blind en doof was.

Het duurde eindeloos.

Mamma gaf mij een tientje om in het restaurant wat te eten. Zelf ging ze naar de afdeling waar pappa onderzocht werd. Het was bijna half een en ik rammelde van de honger. Ik kocht kipnuggets, want daar ben ik dol op. Maar toen ik ze op mijn bord zag liggen, moest ik bijna kotsen. Ik kon geen hap naar binnen krijgen. Uit een automaat trok ik een flesje cola en daar knapte ik van op. Ik ging op de gang tegen de muur staan hangen, want het restaurant leek zelf wel een ziekenhuis. Mensen op krukken, in pyjama's en in van die gore ochtendjassen.

Gelukkig kwam mamma gauw opdagen.

'Het wordt een spoedoperatie,' zei ze. 'Vanmiddag om vier uur mag ik bellen.'

Het huis was angstig leeg.

Net een spookhuis.

En toen mamma ging telefoneren was het er helemaal niet meer uit te houden. Steeds weer hetzelfde verhaal. Aan de twee schoonzusters van pappa die we nooit zagen, aan haar vriendinnen, aan buurvrouwen en aan de baas van de supermarkt waar ze drie dagen per week werkt.

Ik ging naar buiten.

De jongens waren weg.

Alleen Kevin zat in de poort tegen de muur.

'Rowan heeft een raam in gevoetbald,' grijnsde hij. 'Hoe is het met hem?'

Ik ging naast hem zitten.

Ik moest opeens bijna huilen en ik kon geen antwoord geven.

Kevin sloeg zijn arm om me heen.

'Het komt goed, Ruub, vast.'

Super.

4

Overal vlaggen en mijn vader had kanker.

Darmkanker.

De operatie was geslaagd, maar ze wisten al meteen dat hij over een maand of drie weer geopereerd moest worden. Ze hadden zijn billen dichtgenaaid en een gat in zijn buik gemaakt voor een stoma. Dat is een zak waarin je poepen moet.

Pappa lag bleek in bed.

Zijn ogen gesloten.

Mamma hield zijn hand vast en praatte. Hij gaf geen antwoord, knikte af en toe. Ik had het gevoel dat hij veel liever alleen was.

Ik wist niet wat ik zeggen moest.

Bij het afscheid kneep ik in zijn hand en hij kneep terug.

Mamma was heel rustig. Ze maakte zelfs geen brokken met rijden. Ze keek of er niets aan de hand was.

'Nu weten we tenminste wat het is,' zei ze. 'En de dokter vindt het niet hopeloos.'

Toch was haar gezicht anders dan anders.

Het stond strak, zelfs een beetje boos.

Bij ons in de straat was het rustig.

Net of het geen bevrijding was.

Mamma ging gelukkig niet telefoneren.

Ze zette koffie en daarna gingen we tv zitten kijken.

Er was een tekenfilm, nog grappig ook, en we moesten allebei lachen.

Alsof er geen kanker bestond.

5

De woensdagmiddag werd vervelend. We wisten niet wat we doen moesten, want voetballen was verboden. De mevrouw van de kapotte ruit had geklaagd bij de woningstichting en alle ouders hadden een waarschuwing gekregen.

Mijn moeder trok zich er niets van aan, maar de ouders van Rowan natuurlijk wel.

Bij Rowan werd altijd gepraat. Ze zeggen wel eens: praatjes vullen geen gaatjes, maar daar vulden ze het hele huis.

Rowan moest met een bloemetje zijn excuses gaan maken.

Stef stikte van het lachen, Anton had meteen een grote mond en Kevin zei niks. Net als Rowan. Die keek alsof hij geslacht zou worden.

Om een uur of drie gebeurde het. We zaten onder de poort te kletsen, toen Rowans moeder naar buiten kwam. Ze liep op Rowan toe en zei: 'Je weet wat we afgesproken hebben.' Ze zei het aardig, maar je moest haar niet tegenspreken. Dat kon je horen aan haar stem en zien op haar gezicht. Ze was van gewapend beton waar een vriendelijk verfje op zat.

Rowan wist niet wat hij doen moest. Zijn gezicht verliezen tegenover ons of herrie krijgen met zijn moeder.

Kevin had de oplossing.

'Het is niet eerlijk,' zei hij. 'Rowan heeft niet alleen gevoetbald. Ik vind dat we allemaal onze excuses moeten maken.'

We sprongen op alsof het afgesproken was.

'Ja, mevrouw,' zei Anton. 'Kevin heeft gelijk. Rowan heeft wel geschoten, maar Stef kon de bal niet houden.'

Anton was een echte vriend. Hij zou altijd voor je opkomen, maar soms was hij ineens onbetrouwbaar. Hij kon ook liegen alsof het gedrukt stond en hij kon slijmen als een slak. Daarom waren de ouders van Rowan dol op hem.

We gingen dus met z'n vieren naar de overkant.

Rowan met zijn bloemen voorop.

Nu kon je de buurvrouw van de overkant onder de bloemen begraven, aardig werd ze niet.

Ze liet ons niet eens binnen.

'Als het weer gebeurt bel ik de politie,' snauwde ze. Daarna rukte ze de bloemen uit Rowans hand en smeet de deur voor onze neus dicht.

'We gaan handballen,' zei Stef.

Maar Stef had makkelijk praten. Hij zat wel bij ons op school en we waren vrienden, maar hij woonde in een andere straat.

Dat was een groot verschil.

'Basketbal kan wel,' zei Stef. 'Daar krijg je geen ruit mee kapot.'

We hadden geen zin.

We bleven nog een poos rondhangen, tot het tijd was om naar huis te gaan.

6

Mijn vader was een beetje een rare man.

Alles aan hem leek lang.

Zelfs zijn hoofd.

Hij had zilverwit haar.

Dat had hij al vanaf zijn twintigste.

Hij kamde het achterover en dat maakt zijn gezicht nog smaller.

Ik vond zijn benen het opvallendst.

Volgens mij waren ze idioot lang.

Hij deed wel eens een balletdanser na. Dan zwaaide hij een been omhoog, tot een end boven de tafelrand. Dat kon niemand. Zelfs Kevin niet, die zo lenig was als een slang.

Mijn vader zei ook altijd dingen die andere mensen nooit zeggen. Zoals die keer dat we bij vrienden aten. 'Sorry,' zei de gastvrouw, 'maar ik had echt geen tijd om te koken. Ik heb maar wat bij de afhaalchinees gehaald.'

'Ik heb in weken niet zo lekker gegeten,' zei mijn vader. 'Ik wou dat mijn vrouw het zo kon.'

Iedereen keek naar mijn moeder.

Soms moest ik erom lachen, soms schaamde ik me, of kon ik mijn vader wel vermoorden.

Zoals in het ziekenhuis.

Hij lag op een zaal met zes andere mannen. Hij had het mooiste plekje, bij het raam. Het gordijn tussen zijn buurman en hem had hij dichtgetrokken. Mamma vond het niet leuk. Ze wilde het opendoen, maar pappa werd kwaad en hield haar tegen. 'Dicht,' riep hij. 'Ik kan die man niet meer zien.'

De meneer aan de overkant moest lachen.

'Een typ, hoor, die man van je,' riep hij.

Mamma kreeg een kleur.

Ze wist niet wat ze zeggen moest en ging maar zitten.

'Ik heb bloemen meegebracht,' zei ze. 'Rozen. Kijk maar.'

Hij nam de bloemen aan en stak zijn neus erin.

'Ze ruiken niet eens!'

'Dat doen bloemen tegenwoordig niet meer.'

'Wat heb ik er dan aan? Ik lig hier te stinken als een riool.'

'Ik ruik niks,' zei mamma.

Dat was niet waar.

Zelfs ik kon het ruiken.

Mijn vader stonk als een verwaarloosde kattenbak.

Hij bekeek de rozen aandachtig.

'Ze zijn wel mooi.'

'Zal ik ze in een vaas zetten of doet de zuster dat?'

'De zuster? Die denkt dat het pleeborstels zijn. Doe het straks maar. Blijf nou eerst eens even zitten. Je bent altijd zo onrustig.'

Niemand wist wat hij zeggen moest.

Na een tijdje zei mijn vader: 'De poep loopt als pap die zak uit. Ik hou me precies aan het dieet maar het helpt niet. Die man naast me kreeg gisteren verkeerd eten, maar hij heeft nergens last van. En ik... ik stink als een otter.'

Ik kon me voorstellen hoe vreselijk dat voor hem was, want hij was afschuwelijk netjes. Nooit een vlekje of zonder das de deur uit, altijd alles gestreken en tot in de puntjes.

'Over vier maanden word ik weer geopereerd,' zei hij. 'Dan halen ze de stoma weg en word ik weer normaal. Tot die tijd blijf ik waarschijnlijk thuis.'

'Heb ik van de dokter gehoord,' zei mamma. 'Ik heb erover gedacht om mijn baan op te zeggen. Dan kan ik bij jou blijven.'

'Hoe haal je het in je hoofd. Ik moet er niet aan denken,' zei mijn vader heftig. 'Blijf alsjeblieft gewoon werken. Ik red me wel.'

Mijn moeder werd al lang niet meer kwaad om zulke dingen. Ze moest er zelfs om lachen. Af en toe tenminste.
Nu keek ze toch een beetje zuur.

'Stel je voor, de hele dag bij zo'n zieke man,' zei mijn vader
na een tijdje. 'Dat is toch geen leven voor je. Ga jij maar lekker werken.'

Daarna werd het een potje zwijgen.

Ik deed mijn best, maar ik wist nog steeds niet wat ik zeggen moest.

Na een tijdje gingen we weg.

Het bezoek was geen succes.

7

Ik kon me niet voorstellen hoe zo'n gat in je buik eruitziet. Een gat waar poep uit komt! Tot mijn vader zei: 'Wil je het zien?' Hij schoof de dekens opzij. Ik wilde wel en ik wilde niet kijken. Ik vond het eng. Maar ik keek natuurlijk toch. Het gat viel mee. Het zat rechts onder zijn navel. Het was klein en rond, donkerrood aan de rand, net als geronnen bloed.

'Kijk,' zei mijn vader, 'die zak zit er met een rondje opgeplakt, maar soms gaat hij een beetje los en dan is de ellende niet te overzien.'

Het was een vierkante zak waar je doorheen kon kijken.

Pappa sloeg de dekens terug en ging weer liggen.

'Vind je het er griezelig uitzien?'

'Nee,' zei ik.

Toen waren we uitgepraat.

We wisten geloof ik allebei niet wat we zeggen moesten.

Ik in elk geval niet.

Elke minuut leek een uur.

'Ga nou maar,' zei pappa ten slotte. 'En doe mamma de groeten. Zeg dat ik haar lief vind. Maar maak het niet te erg, ze is al ijdel genoeg.'

Bij zo'n opmerking keek hij of hij het eigenlijk niet meende.

Alle mensen trapten erin.

Maar je wist het nooit.

8

Hij werd steeds lastiger.

Hij mocht op, maar hij wilde niet met ons naar de conversatiekamer. Hij wilde ook niet naar het restaurant. Hij wilde niemand zien en mamma was uren aan het telefoneren om zijn broers, schoonzusters, collega's en vrienden van zijn bed te houden. De vrienden snapten het, maar de familie was kwaad. En mamma moest zich voortdurend verdedigen.

Gisteren wilde hij plotseling appels hebben.

We kochten ze in de dure groentewinkel. Ze zagen eruit om in te bijten, mooi rood en glanzend, maar hij schoof de zak driftig van zich af en zei: 'Die zijn niet om te eten. Je was natuurlijk weer te zuinig om goeie appels te kopen.'

Ik werd opeens razend.

'Dat is niet waar,' schreeuwde ik bijna. 'Je hebt altijd wat te zeuren. Als je zo doorgaat, kom ik niet meer.'

Hij liet zich achterover vallen en duwde zijn hoofd in het kussen.

'Sorry,' fluisterde hij. 'Sorry, maar ik kan het haast niet uithouden. Het is hier verschrikkelijk.'

'Daar kan mamma toch niks aan doen,' snauwde ik. Het was een stomme opmerking, dat wist ik zelf ook wel, maar ik wist niets anders.

Mijn moeder gaf me een aai over mijn hoofd.

Mijn vader pakte mijn hand en zei: 'Ik zal mijn leven beteren.'

De tophit was de zuster.

Ze kwam achter de balie vandaan en stevende als een zeilschip op ons af.

'Uw man is vreselijk asociaal,' zei ze. 'Vre-se-lijk asociaal. Hij wil met niemand praten. Hij komt nooit in de conversatiekamer. Hij wil ook geen tv kijken. Hij gaat uren in zijn eentje in de kapel zitten. U moet er met hem over praten.'

'Zijn stoma stinkt,' antwoordde mamma kwaad. 'Daar moet u iets aan doen. Daar bent u voor.'

Ze trok me mee de gang in.

'Ik heb zin in een restaurant,' zei ze buiten. 'Jij ook? Dan gaan we alles eten wat we lekker vinden.'

9

Aan het eind van de week mocht mijn vader naar huis.

Hij was dolgelukkig.

Hij zat stralend in zijn stoel.

Hij dronk een half kopje koffie, at een klein stukje appeltaart en het duurde niet lang of hij verdween naar de wc.

'Die stoma verpest zijn hele leven,' zei mamma. 'Soms gaat hij los en soms zit hij muurvast. Zijn huid kan er absoluut niet tegen.'

Ze zuchtte nooit, maar nu wel.

Mamma had als verrassing een speciale cd voor hem gekocht. Het duurde dan ook niet lang of hij verdween naar boven. Mijn vader had geen studeerkamer, maar een muziekkamer. Hij was dol op opera's en zingende dames. Hij had honderden platen en cd's. Bijna elke avond ging hij daar, soms met mamma, zitten luisteren. Ze had er niet altijd zin in. Ze hield meer van lezen. Ik was de enige die graag tv keek. Daar hadden ze allebei wat op tegen. Daarom stond de tv in het achterkamertje naast de keuken.

Mijn vader werkte bij een verzekeringsmaatschappij. Hij hield niet van zijn werk en hij was blij dat hij een paar maanden niet naar kantoor hoefde.

Ik was er al gauw aan gewend dat mijn vader thuis was als ik van school kwam. Als mamma er niet was, zorgde hij voor de lunch. Er werd niet erg veel gepraat, maar het was gezellig en altijd lekker.

We veranderden van huisarts.

Ze heette Bep en ze zag eruit als Bep.

Op haar bureau lag een roodstenen staafje met 'liefde' erop. Het lag zo dat je het wel moest zien. Of je wilde of niet.

'Zelf gemaakt,' zei ze trots.

Ze schreef een speciale huidcrème voor.

Over de fouten van onze vorige huisarts wilde ze geen woord horen.

Ze was een en al liefde.

10

De jongens zaten in de poort.

Het was warm.

Stef probeerde een voetbal tussen zijn voeten van de grond te houden.

'Anton heeft een laptop gekregen,' zei hij.

'Een witte. Gloednieuw. Geloof jij het?'

'Van mijn oom,' zei Anton.

'De nieuwe vriend van je moeder?' vroeg Rowan.

'Nee,' snauwde Anton. 'Ik heb hem van mijn oom Bert. Een broer van mijn vader. Weet je wel?'

Wij wisten van niks, maar niemand zei wat.

Antons vader was ervandoor, maar daar spraken we nooit over.

'Mijn vader gaat morgen naar Suriname,' zei Kevin. 'Wij brengen hem naar Schiphol. Gaan we naar het landen kijken.'

'Daar is bijna niks van te zien,' zei Rowan. 'Die landingsbanen zijn tegenwoordig mijlenver weg. Man, die zitten bijna in Zandvoort.'

'Ik wou dat we konden voetballen,' mompelde Stef. 'Maar dat mens aan de overkant staat altijd op de uitkijk.'

Dat was waar.

Om de tien minuten kwam ze voor het raam staan.

Af en te stak ze dreigend haar wijsvinger op.

'Ik ga naar huis,' zei Stef. 'Het is me veel te warm.'

Met Kevin liep hij naar huis.

Kevin woonde op de hoek, boven de fietsenstalling, tegenover mevrouw Visser.

Mevrouw Visser was stokoud en erg aardig. In de straat zeiden ze dat ze zo christelijk als gemalen poppenstront was, maar ze praatte nooit over God of de kerk. Ze woonde het langst van alle bewoners in de straat. Iedereen kende haar.

Zo nu en dan kwam ze bij ons theedrinken.

Dan praatte ze met mijn vader over muziek en met mijn moeder over boeken.

Ze kon goed tegen grapjes.

Zelfs tegen de rare grapjes van mijn vader.

De nieuwe huidcrème werkte.

Mijn vader had opeens weer plezier in alles. Hij ging bood-schappen doen, stond 's middags in de keuken en kookte. Hij maakte nooit liflafjes. Gewoon aardappels, vlees en groente, maar top. Je vrat er je vingers bij op. Hij kocht nooit in de supermarkt waar mijn moeder werkte en korting kreeg.

'Ik ga liever naar een echte winkel,' zei hij.

Op een toon!

Zelfs mijn moeder zei niets meer.

Op een dag kregen we bezoek van een vriendin van me-vrouw Visser. Ze was lid van de Russische kerk en ze vroeg of mijn vader zin had op zondag naar de muziek te komen luisteren.

'Ons koor is zo mooi,' zei ze. 'En u kunt komen en gaan wanneer u wilt. Ik zal u halen en brengen.'

'Moet je doen,' zei mijn moeder. 'Dan gaat Ruben met je mee. Als het goed gaat, kun je ook weer naar de zomerconcer-ten.'

Hij knikte, aarzelend.

'Ga jij mee?'

Ik ging.

De kerk was aan de andere kant van de stad, op de bene-denverdieping van een groot woonhuis. Het altaar was aan de straatkant. Ervoor stond een priester in een lang gewaad. Het koor, achterin, zong toen we binnenkwamen. Zelfs ik vond het mooi. Het was alsof de muziek je droeg. Het klinkt raar, maar het was echt zo. Ook de priester zong. In het Russisch. We begrepen er geen woord van, maar mooi was het.

In het halfduister liepen we naar onze plaats.

Alle mensen in de kerk moesten staan, maar mijn vader mocht zitten. Ik stond naast zijn stoel en soms keek ik naar hem. Hij had zijn handen gevouwen en zijn ogen gesloten. Zeker drie kwartier later, toen het koor even ophield, stootte hij me aan en knikte in de richting van de deur.

'Ik stonk toch niet, hè?' vroeg hij in de gang.

De vriendin van mevrouw Visser stond alweer naast hem.

'Als u het mooi vond, bent u altijd welkom,' zei ze, voor ze de auto ging halen.

Mijn vader knikte.

'Echte muziek is toch mooier dan op een cd,' zei hij zacht. 'Het was prachtig, Ruben, prachtig. Ik wil wel elke zondag.'

12

Mijn vader was een echte fietser.

Hij had zo'n hoge fiets met wel twaalf versnellingen en daar reed hij op als een koning. Met kaarsrechte rug en opgeheven hoofd.

Op vrije dagen, zelfs als de lucht er dreigend uitzag, trapte mijn vader zo'n zeventig, tachtig kilometer bij elkaar alsof het niets was. Hij kwam thuis alsof hij een uurtje gerust had. Geen spoortje van vermoeidheid.

Mijn moeder zei wel eens: Het lijkt wel of hij meer van zijn fiets houdt dan van ons.

Nu was het anders.

Hij was een keer op weg gegaan, maar verder dan de fietsenstalling was hij niet gekomen. Zijn fiets was te zwaar. Hij kon hem niet uit het rek krijgen.

Hij was binnen tien minuten terug.

Hij zei geen woord en ging meteen naar boven.

Wandelen wilde hij niet, tot mijn moeder op een woensdagmiddag zei: 'Waarom gaan jullie niet een keer samen? Dat is toch gezellig.'

Niets was mijn vader zo vreemd als het woord gezellig, maar hij knikte. Hij keek mij strak aan – een beetje alsof ik straf kreeg – en zei: 'Als jij tenminste zin hebt.'

Natuurlijk had ik geen zin, maar ik zei ja.

We gingen meteen.

Hij nam een tasje mee met schoonmaakspullen. Een nieuwe zak, het potje huidcrème, misschien wel schoon ondergoed.

Geen idee…

'Dat is toch niet nodig,' zei mijn moeder. 'Het gaat nu toch goed?'

Hij beet op zijn onderlip en bleef aarzelend staan.

'Je kunt nooit weten,' zei hij ten slotte. 'Nou Ruben, kom je nog?'

Hij was meteen weer de zekerheid zelve.

We liepen onder de poort door en gingen in de achterliggende straat het bruggetje over.

De jongens waren weg.

Kevin was naar het zwembad en Rowan moest met zijn moeder boodschappen doen. Ik had geen idee waar Anton en Stef uithingen.

We gingen regelrecht naar het park.

Ik was er nog nooit echt geweest. Ja, een paar keer doorgehold met vriendjes, maar ik wist niet hoe het echt was.

En mijn vader wist alles.

Van de planten, de grassen, de vogels.

Hij vertelde aan één stuk door en het was alsof ik alles voor het eerst zag.

Het was zo warm dat we een paar keer op een bank gingen zitten. De vogels waren te sloom om hun vleugels uit te slaan en de eenden zaten roerloos in de schaduw van de bomen.

Het ging allemaal goed, tot mijn vader onrustig werd.

'We gaan even wat drinken in het restaurant,' zei hij en hij begon zo snel te lopen dat ik hem bijna niet bij kon houden.

Het terras van het restaurant lag niet in de schaduw, maar onder de grote paraplu's was het lekker koel. Ik ging zitten, maar mijn vader liep meteen naar de wc. Hij kwam pas terug toen ik mijn cola al op had.

'Niks aan de hand,' zei hij triomfantelijk. 'Wat gerommel in mijn buik. Dat heb jij ook wel eens.'

Hij bestelde koffie en nog een cola.

Appeltaart durfde hij niet aan.

Toen wilde ik ook niet.

'Vond je het leuk?' vroeg hij op de terugweg. 'Wil je nog eens mee?'

Ik knikte en hij pakte mijn hand.

We waren net twee vrienden.
Zo voelde ik het, maar gek was het wel.

13

Anton had zijn laptop meegebracht.

Een sneeuwwitte.

'Mooi hè?'

Stef wachtte even voor hij knikte.

'Kan je er internet op krijgen?' vroeg hij met een vals lachje.

'Wat dacht je,' antwoordde Anton kwaad.

'Ik vind hem prachtig,' zei Kevin gauw. 'Ik wou dat het de mijne was. Zou ik elke dag mailen met mijn vader.'

'Hebben jullie dan geen computer?'

'Jawel, maar ik heb er liever zelf een.'

Het was een tijdje stil.

Niemand sprak nog over de laptop.

'Die fiets van jouw vader,' zei Anton opeens, 'die zou ik best willen hebben. Nu hij toch niet meer fietst...'

'Over een tijdje weer wel misschien!'

'Is hij dan helemaal beter?'

Ik knikte.

'Maar met kanker kun je nooit weten,' zei Rowan met een geleerd gezicht. 'Het kan altijd terugkomen.'

'Dat hoeft niet,' zei Kevin. 'Een heleboel mensen...'

Anton vond het niet leuk dat niemand nog aandacht voor zijn laptop had. Hij zette hem tegen de muur en zei: 'Zullen we gaan voetballen? Dat mens van de overkant is niet thuis.'

'Ik heb mijn bal niet bij me,' zei Stef.

Ik had opeens geen zin meer in de jongens. En helemaal niet in voetballen.

'Ik ga naar huis,' zei ik.

'Ik ook,' zei Kevin.

Hij stond gelijk met mij op.

Voor onze buitendeur bleven we staan. Ik haalde de sleutel uit mijn zak. Mijn moeder was niet thuis en mijn vader ergerde zich als hij gestoord werd.

'Je vader ziet er prima uit,' zei Kevin. 'Top, Ruub.'

Hij gaf een klap op mijn schouder en liep door.

14

Hij kon soms doodstil voor zich uit zitten kijken.

Zijn handen op zijn knieën, zijn ogen wijd open.

Wat hij zag wist niemand.

'Waar denk je aan?' vroeg mijn moeder op een keer.

'Ja, waaraan zou ik nou denken?'

'Ik weet het niet,' antwoordde ze aarzelend. 'Je bent nu toch weer gezond? Over een tijdje ben je weer net zo sterk als vroeger.'

Hij zweeg.

'Je zou weer eens wat mensen moeten zien,' zei ze. 'Dat zou je goed doen.'

'Dank je wel,' zei hij.

En daar bleef het bij.

Ze kwam er steeds op terug, maar hij wilde niemand zien. Geen collega's, geen vrienden en geen familie. Alleen mevrouw Visser vond hij leuk. Die liep zo nu en dan binnen met een boek of een vraag over muziek.

Soms gingen we samen naar de cd-winkel in de stad.

Hij wilde ook een keer naar het museum om een tentoonstelling van middeleeuwse schilderijen te zien, maar daar had ik geen zin in.

Ik ging wel mee naar een concert.

Het was heel anders dan ik gedacht had.

Het leek totaal niet op een popconcert op de tv. De musici waren stijf en een beetje deftig. Het publiek oud.

De dirigent was geinig.

Die stond er soms bij te springen en te dansen.

Het eerste deel vond ik goed. Iets van een nachtmuziek. Zo ongeveer heette het. Het waren heel gewone melodietjes.

Alsof je ze zo mee kon zingen. Daarna werd het heel woest. Ik snapte er niets van.

In de pauze dronken we cola en liepen we door de lange, brede gangen. Het was erg druk. Er waren alleen oude, verschrikkelijk nette mensen. Ik was de enige jongen en bijna allemaal keken ze naar me.

Een mevrouw die achter ons zat, tikte mijn vader op de schouder en zei: 'Hij heeft doodstil zitten luisteren. Dat zie je tegenwoordig niet meer.'

Mijn vader trok stiekem een gezicht, maar ik zag dat hij trots was.

Tot slot kwam er een pianoconcert. Niks aan. Soms was het alsof er met deuren werd geslagen of alsof de telefoon ging. De pianist trok er gekke bekken bij en zwaaide met zijn handen alsof hij een klap wilde uitdelen.

Bijna niemand vond het iets.

Er werd nauwelijks geklapt.

We waren van plan om een ijsje toe te gaan eten, maar we moesten opeens naar huis. Vlug op de tram en het laatste stuk rennen.

Thuis vloog mijn vader naar boven.

Hij kwam een kwartier later weer terug.

'Alles goed gegaan?' vroeg mijn moeder gespannen.

'Geweldig,' zei hij. 'Alles onder de stront.'

15

Zelfs na half vier was het nog heet, snikheet.

Stef, Rowan en Anton zaten tegen de muur in de poort. Stef had zijn shirt uitgetrokken. Het zweet liep van zijn schouders.

'Waar is Kevin?'

'Die zit thuis met zijn moeder op telefoon te wachten,' antwoordde Rowan. 'Zijn vader heeft in Paramaribo zijn been gebroken.'

'Die komt voorlopig niet naar huis,' voorspelde Stef.

'Die gaat lekker achter de wijven aan,' zei Anton.

'Met een gebroken been zeker!'

'Natuurlijk een smoes om weg te blijven.'

'Je bent niet goed wijs,' zei ik een beetje kwaad.

'Nou,' zei Rowan bedachtzaam. 'Misschien heeft hij wel gelijk. Toevallig hebben wij het er gisteravond thuis over gehad. Mijn moeder zegt dat bijna alle zwarte mannen vreemdgaan. Ze hebben haast allemaal een vrouw buiten de deur. Die noemen ze dan een buitenvrouw.'

Op dat moment kwam Kevin aan.

'Hoe is het met je vader?' vroeg Anton. 'Nog steeds in Kanarimaribo?'

Kevin keek Anton niet aan.

'Hij is van een trapje gevallen en heeft zijn bovenbeen gebroken.'

'Kan hij nu niet naar huis?' vroeg Rowan.

'Hij mag zijn been de eerste weken niet belasten, heeft de dokter gezegd. Hij woont voorlopig bij mijn oma.'

'In Kanarimaribo?' vroeg Anton, die ontzettend zuigen kan als hij er zin in heeft.

Kevin zei niets.

'Hé Kevin,' zei Rowan, 'weet jij wanneer we dat proefwerk aardrijkskunde krijgen?'

'Morgenochtend,' zei Kevin. 'Het eerste uur.'

Ik was het totaal vergeten.

Ik had er niets aan gedaan.

En mijn cijfers waren de laatste tijd toch al waardeloos.

Het leek wel of mijn vader het rook. Ik was nog geen twee minuten thuis of hij vroeg: 'Hoe gaat het eigenlijk op school?'

'Goed.'

'Heb je behoorlijke cijfers?'

Hij keek me doordringend aan.

Ik kon er niet omheen.

'Nee, niet echt.'

Driftblosjes op zijn wangen.

Mijn moeder probeerde me te redden: 'Dat is toch geen wonder, Johan. Hij heeft de laatste tijd zo veel meegemaakt?'

'HIJ?'

'Wij allemaal natuurlijk. Hij zorgt heus wel dat hij met een goed rapport van school gaat.'

Hij snoof, pakte de krant en zei niets meer.

16

Op een middag begonnen ze te zeuren over de fiets van mijn vader.

'Wil hij niet meer fietsen?' vroeg Anton. 'Heeft hij geen zin meer?'

'Mijn moeder keek altijd als hij voorbijkwam,' zei Rowan. 'Hij zit op die fiets als een ridder te paard, zegt ze altijd.'

'Het is ook een mooie fiets,' zei Anton. 'Zo'n fiets heeft bijna niemand.'

'Hij kan zo meedoen aan de Tour de France,' zei Kevin. 'Mijn vader zegt dat hij op een dag wel een paar honderd kilometer kan fietsen.'

'Daar is hij nu te moe voor,' zei ik.

De jongens keken of ze het zielig vonden.

Daar kon ik niet goed tegen.

Sinds zijn kanker had mijn vader zijn fiets bijna niet meer aangeraakt.

Het was net of hij niet durfde.

Op een middag, toen mijn moeder uit haar werk kwam, zei ze opeens: 'Zou je niet eens gaan fietsen, Johan? Het is zulk mooi weer en je doet het zo graag. Ruben wil vast wel met je mee. Al gaan jullie maar een halfuurtje.'

'Ja hoor, ik wil best mee!' zei ik gauw.

Hij wilde wel en hij wilde niet.

'Ik haal de fiets uit het rek,' zei ik, 'en als je geen zin meer hebt, gaan we naar huis.'

Hij knikte langzaam, bedachtzaam.

'Proberen?'

'Doe het nou maar,' zei mijn moeder. 'Je zult eens zien hoe je ervan opknapt.'

Hij zei niets.

Keek stuurs voor zich uit.

Vond het een stomme opmerking.

'En als het fout gaat?'

'Als je naar buiten gaat, kun je je altijd ergens in de bosjes verschonen. Dan ziet niemand je.'

Hij gaf geen antwoord.

Ten slotte ging hij zijn spullen halen.

Samen trokken we zijn fiets uit het rek. Het was een gevaarte, niet te vergelijken met mijn fiets. Die woog bijna niets.

Op straat bond hij zijn tas op de bagagedrager en stapte op. Het ging goed. Zijn been zwaaide moeiteloos over het zadel.

We reden de straat uit langs de lege poort.

Gelukkig hoefden we nergens af te stappen voor stoplichten of snelle auto's. We waren in een kwartier de stad uit.

Het was zo warm dat het zweet over mijn rug liep. Het voelde alsof ik een zware kar moest trekken, maar mijn vader had nergens last van. Met een stralend gezicht keek hij om zich heen.

Pas na een uur of zo kreeg hij er genoeg van en reden we naar huis.

'Woensdag weer,' zei hij toen we de fietsen in de stalling zetten.

Hij haalde zijn tasje triomfantelijk van de bagagedrager.

'Ik kan weer alles. Ik heb gelukkig geen last meer.'

Dat was een vergissing.

17

Er was vergadering en ik hoefde 's middags niet naar school.

'Daar maken we een feestdag van,' zei mijn vader. 'We gaan een eind fietsen, langs de Bosjes van Pruis en in het parkrestaurant wat eten. Daar zijn we dan om een uur of twee. Kun je het zo lang uithouden?'

Ik had net twee gevulde koeken naar binnen, dus dat kon.

Mijn vader liep zingend naar boven om zijn tas met stomaspullen te halen en daarna gingen we weg.

De moeder van Rowan stond voor het raam en zwaaide, maar we deden of we haar niet zagen en trapten op volle toeren de straat uit.

Mijn vader had weinig last, het fietsen ging veel beter.

Soms kon ik hem haast niet bijhouden.

Eenmaal buiten het drukke verkeer van de stad, op een mooi breed fietspad, fietste hij veel rustiger.

'Morgen krijg ik mijn baas op bezoek,' zei hij opeens.

'Moet je weer gaan werken?'

'Heb ik niet veel zin in,' zei hij. 'Ik ben liever thuis.'

'Ik ook, maar ik moet toch naar school.'

'Je hebt gelijk.' Hij zuchtte. 'Wat moet, dat moet.'

'Je kunt spijbelen. Schrijf ik wel een briefje dat je ziek bent.'

Hij remde en sprong van zijn fiets. Met zijn ene hand hield hij zijn fiets vast, met de andere hand zijn buik.

Hij zag zo wit als de schors van de berken langs het fietspad.

'O Ruben,' zei hij met trillende stem. 'Het gaat helemaal mis.'

We zetten onze fietsen tegen een boom en hij zocht een plekje tussen de bosjes en de struiken om zich te verschonen.

Een eind van mij af bleef hij staan, terwijl ik op de fietsen paste. Ik hoorde hoe hij in zichzelf stond te praten.

Woedend.

Opeens, alsof hij plotseling zichtbaar was geworden, kwam er een agent aan. Terwijl hij mij oplettend aankeek, fietste hij voorbij. Het was alsof hij steeds langzamer trapte. Hij groette niet; ik ook niet. Een eindje verder stapte hij af en liep naar de bosjes.

'En wat doen wij daar?' Hij vroeg het eigenlijk niet. Hij zei het op een toon die ze in boeken bars noemen.

'Ik sta te potloodventen,' schreeuwde mijn vader. 'Is het nou goed?'

'Het heeft er alles van weg, maar goed is het niet, vriend,' zei de agent op een treiterige rottoon. 'En wat doet die jongen daar?'

Ik liet onze fietsen in de steek om uitleg te gaan geven.

Mijn vader kwam uit de bosjes. De tranen stroomden over zijn wangen. Hij had zijn broek open en hij hield zijn hemd vol bruine vlekken van zijn lijf.

'Mijn stoma lekt,' stotterde hij. 'Ik sta me hier te verschonen. Weet jij waar ik anders heen moet?'

De agent deed een stap terug.

'Neem me niet kwalijk, meneer, dat had ik niet gezien. Ik kon niet weten dat... Ik...' Hij maakte een gebaar of hij salueerde, stapte op zijn fiets en reed weg.

We wisten allebei niet wat we zeggen moesten.

Mijn vader was doodsbleek. Zijn handen trilden toen hij zijn schoonmaaktasje op de bagagedrager bond.

Zwijgend reden we terug.

Ik zette de fietsen in de stalling en we liepen langzaam naar huis. Voetje voor voetje, want hij kon niet in zijn gewone tempo lopen.

Thuis ging hij meteen naar boven om zich te verschonen.

'Ik ga nooit meer naar buiten,' zei hij halverwege de trap. 'Nooit meer.'

18

Het bleef zo.

Hij moest zich steeds vaker verschonen. Hij had stapels vuil ondergoed en de wasmachine draaide de hele dag. Mijn moeder belde Bep, onze huisdokter. Ze belde het ziekenhuis en de vereniging van Stomapatiënten. Ze was uren aan het bellen, maar niemand wist wat we moesten doen.

Ze kookte rijst – 'dat stopt' – en allerlei liflafjes, maar mijn vader durfde bijna niets meer te eten. Je zag hem mager worden. Hij kreeg ingevallen wangen met een soort koortsblosjes. Hij ging bijna niet meer naar boven om muziek te luisteren. Hij zat meestal aan tafel een beetje voor zich uit te kijken.

Ik deed erg mijn best op school.

Ik kreeg redelijke cijfers, maar het was net of het hem niet kon schelen.

Zo leefden we een paar weken lang.

Het leek een eeuwigheid.

Tot mevrouw Visser belde en vroeg of we op zaterdagochtend voor haar zeventigste verjaardag op de koffie wilden komen. Met we bedoelde ze natuurlijk mijn ouders, maar mijn moeder moest werken en mijn vader zei: 'Ik ga niet. Ik stink de pot uit. Laat Ruben maar gaan.'

Ik wilde dolgraag.

Kevin heeft wel eens gezegd dat ik soms net een oud wijf ben. Dat is waar. Toen ik klein was, wilde ik erbij zijn als mijn moeder vriendinnen had. Waar ze het ook over hadden, over bloemkool of de buurvrouw, ik wilde geen woord missen. Ik ging in een hoekje zitten en maakte me zo klein mogelijk. Ik durfde me niet te bewegen uit angst dat mamma me zou opmerken en me de kamer uit zou sturen. Die angst was al lang over. Als er visite was, deed ik soms gewoon mee. Dan was het net of ik opeens iemand anders was geworden. Kevin snapte er niets van, maar de grote mensen vonden het geloof ik wel leuk.

Met een plant die mijn moeder gekocht had, belde ik aan. Mevrouw Visser deed zelf open. Ze omhelsde me en drukte me zo dicht tegen zich aan dat de plant bijna knakte. De kamer zat vol vrouwen. 'Eindelijk een man,' riep ze. 'En nog een leuke ook.'

Ik kreeg een plaatsje tussen de moeder van Rowan en een vreemde mevrouw.

Ik kreeg koffie met veel melk en een enorme moorkop. Ik zette hem op de tafel, want ik durfde hem niet op te eten. De laatste keer had ik er zo onhandig mijn vork in gezet dat de slagroom alle kanten uit vloog.

Het gesprek ging over van alles. Eerst over het vlees dat zo slecht was, over de dure supermarkt en de poort waar nodig verlichting moest komen.

'Ik vind het daar zo eng,' zei een vrouw uit de straat. 'Ik durf er in het donker niet doorheen.'

De moeder van Rowan viel haar bij: 'Je ziet er 's avonds laat soms zulke rare figuren. Ik denk dat er gedeald wordt.'

'Het is verschrikkelijk,' zei een andere vrouw. 'Voor je het weet zijn je kinderen aan de drugs.'

Veel geknik en gemompel.

'Die vader van die Kevin,' vroeg een van de vrouwen, 'is die nog steeds niet terug?'

'Een gebroken been,' zei de moeder van Anton lachend. 'Ja ja!'

'Ik zie hem voorlopig ook niet terugkomen!'

'Die heeft het best naar zijn zin in Suriname. Van de ene vrouw naar de andere. Zo zijn die zwarten. Vertel mij wat.'

'Daar geloof ik niets van,' zei mevrouw Visser. 'De vader van Kevin is een keurige man. Die zou zoiets nooit doen.'

'Dat moet u niet zeggen,' zei de moeder van Rowan. 'Ik

heb er heel veel over gelezen. De mannen daar gaan allemaal vreemd. Naast hun eigen vrouw hebben ze een buitenvrouw. Zo zijn ze daar.'

Bijna alle vrouwen waren het met haar eens.

'Vertel mij wat,' zei een vrouw uit de straat. 'Zwarten...'

Ik vond het raar. De vader van Kevin is helemaal niet zwart. Zijn moeder wel. Hij is meer chocolademelk. Kevin is net bruine schoensmeer. Eigenlijk lijken ze niet eens op elkaar.

Mevrouw Visser haalde haar schouders op.

Ze was geloof ik echt een beetje boos.

Ik denk dat de moeder van Rowan daarom het gesprek wilde veranderen en vroeg: 'Hoe is het met je vader, Ruben? Ik zie hem haast nooit meer op straat.'

Het oude wijf kwam meteen in me naar boven.

'Hij durft niet zo goed,' antwoordde ik. 'Hij heeft aldoor gedoe met zijn stoma. Hij heeft al een andere crème gehad, maar die werkt niet. Mijn vader en moeder weten niet wat ze moeten doen.'

'Dat heeft de tante van mijn zwager ook gehad,' zei de vrouw naast mij. 'Mens, wat een ellende was dat. Wekenlang kon ze nergens naartoe. En weet je wat geholpen heeft? Gewoon een ander merk zakken. Ze heeft nooit meer last. Echt waar.'

's Middags ging mijn moeder ze meteen kopen. Ze kwam met twee grote pakken thuis. Ze kon bijna niet over de stapel heen kijken. De zakken hadden hetzelfde model, maar zagen er toch anders uit. Na veel aandringen ging mijn vader er een proberen.

Het werkte.

Hij had geen last meer.

19

Anton kon echt zuigen.

Het bloed onder je nagels vandaan pesten.

Waarom hij dat deed wist niemand.

We zaten in de poort en hij vroeg: 'Hoe is het nou in Kanarimaribo?'

Kevin keek of hij nadacht over een antwoord.

'Ik vroeg,' zei Anton, 'of het leuk is in Kanarimaribo.'

'Weet ik veel,' antwoordde Kevin.

'Ik bedoel natuurlijk,' zei Anton met zijn treiterende zeurstem, 'of je vader het daar zo leuk heeft dat hij voorlopig niet thuiskomt.'

Kevins gezicht zag eruit of het bleek werd.

'Hoor je eigenlijk nog wel eens wat van hem? Of...'

'Hoor jij eigenlijk wel eens wat van jouw vader?' vroeg Stef.

Het was een gemene vraag, want we wisten allemaal dat zijn vader al een week lang niet naar huis had gebeld. We vonden alle drie dat Anton het verdiende.

'Ja hoor,' loog Anton. 'Elke dag.'

'Zal zijn vriendin leuk vinden,' zei Stef. 'Of heeft ze genoeg van hem?'

Anton keek naar de overkant.

'Ze is niet thuis. Zullen we een balletje doen?'

'Mijn vader wil niet dat ik met jou voetbal,' treiterde Stef, die Anton even niet kon hebben. 'En ik doe altijd wat mijn vader zegt.'

'Word je soms prof?' vroeg Rowan.

We hadden het ineens over onze vaders.

'Mijn vader wil nog steeds niet dat ik voetballer word,' zei Stef. 'Op de club vinden ze dat ik talent heb, maar daar heeft hij maling aan. Ik moet hem opvolgen in de garage. En daar heb ik helemaal geen zin in.'

'Hij heeft gelijk,' zei Kevin. 'Je bent supertechnisch, Stef. Voetballen kun je toch in je vrije tijd doen.'

'Jij doet natuurlijk precies wat je vader wil.'

'Nou nee,' antwoordde Kevin. 'Mijn vader vindt doorleren onzin. Maar ik wil later dokter worden en...'

'Dan ga je zeker naar Kanarimaribo?' lachte Anton.

'Ja,' zei Kevin. 'Ik wil later naar Suriname. Daar hebben ze veel te weinig dokters.'

'Ik vind mijn vader soms zo'n sukkel,' zei Rowan opeens. 'Hij doet of hij alles kan, of hij de hele wereld in zijn zak heeft, maar hij kan nog geen spijker in de muur slaan.'

'Dat kan mijn vader ook niet,' zei ik. 'Spijkers inslaan doet mijn moeder.'

'Maar jij hebt een leuke vader,' zei Kevin. 'De leukste vader van ons allemaal. Jullie gaan samen fietsen. En naar concerten. Dat zie ik mijn vader nog niet doen.'

'Mijn vader komt niet eens kijken als ik moet voetballen,' zei Stef.

'Jullie hebben altijd lol samen,' zei Rowan. 'Nou, wij niet hoor.'

Dat was vroeger anders, dacht ik. Nu was hij bijna altijd aardig. Hij praatte met me en we gingen samen uit. Maar vroeger, voor zijn ziekte, was hij niet zo gemakkelijk als nu. Eigenlijk luisterde hij niet naar me. Hij liet me nooit uitpraten. Ik moest alles doen zoals hij het wilde.

Ik vond mijn vader een rare figuur. Hij zei dingen die andere vaders nooit zouden zeggen. Mijn moeder zei wel eens: 'Jij maakt met iedereen de kachel aan.' En dat was zo. Hij nam haast niemand serieus. Laat staan mij! Maar nu... Als we naar de Russische Kerk gingen of naar het park fietsten, vonden we dat allebei fijn. Net of we dikke vrienden waren.

'Is hij echt weer beter?' vroeg Stef opeens.

'Ja,' antwoordde ik. 'Helemaal.'

Toen twijfelde ik.

Was het wel zo?

'Nou ja,' begon Rowan betweterig, 'met kanker...'

'Ik ga naar huis,' zei ik, opspringend. 'Ik moet kakken.'

20

'Hij is er weer helemaal,' zei mijn moeder.

En zo was het.

Soms liep hij zingend de trap op. Hij deed boodschappen alsof er niets leukers bestond en hij kookte met plezier. Soms gooide hij zijn been weer als een balletdanser omhoog en zei: 'Doe me dat maar eens na.'

Hij keek ook niet meer onophoudelijk naar zijn stoma.

'Die werkt als een trein,' zei hij overgelukkig.

Bleek bleef hij.

En mager ook.

Hoeveel hij ook at, hij kwam niet aan.

'Maar ik wel,' jammerde mijn moeder. 'Je kookt veel te lekker, Johan. Ik barst bijna uit mijn kleren.'

Er werd op school veel vergaderd en wij kregen twee dagen vrij.

'Daar gaan we iets leuks van maken,' zei mijn vader. 'Morgen gaan we eerst naar de dierentuin. Daar ben ik in geen eeuwen geweest.'

Het bleef warm weer en we gingen zonder jas de straat op.

De eerste die we tegenkwamen was mevrouw Visser.

Ondanks de warmte had ze een vest aan en een lange zwarte jurk.

'U draagt weer veel te korte rokken,' zei mijn vader misprijzend. 'Vindt de dominee dat wel goed?'

Ze moest heel hard lachen.

'Ik doe het juist voor hem,' zei ze. 'Hij wil dolgraag mijn kuiten zien. Blij dat het zo goed gaat, buurman. Kom maar gauw een kopje koffie drinken.'

Hij stak zijn hand op en we liepen verder.

44

De moeder van Rowan stond voor het raam en maakte met een handgebaar duidelijk dat ze naar buiten wilde komen.

'Doorlopen,' siste mijn vader. 'Ik wil dat mens niet zien.'

We versnelden onze pas en glipten de poort door en de hoek om.

De dierentuin was warm en leeg.

Wij waren zo'n beetje de enige bezoekers.

De leeuwen lagen lui te gapen, de tijgers sliepen en de meeste vogels zaten in de schaduw. De olifanten waren niet in beweging te krijgen en de apen hingen lui in de takken of zaten elkaar lusteloos te vlooien.

We liepen een beetje doelloos rond van de ene kooi naar de andere. We zeiden niets tegen elkaar.

Er was niet veel aan.

Ik voelde me raar. Het was zo stil en leeg in de dierentuin dat ik een beetje bang werd. Ik dacht aan ontsnappende leeuwen die ons te grazen zouden nemen, terwijl niemand het zag. Ik was blij toen we naar het restaurant gingen om cola te drinken. Ook daar waren we de enige bezoekers, maar er was niks om bang van te worden.

Het volgende project was het rosarium.

Met de tram gingen we erheen.

Het rosarium in onze stad was beroemd om zijn zeldzame rozen. Ze bloeiden in kassen, in perken, in bakken en tegen schuttingen. Ze hadden alle kleuren die rozen maar kunnen hebben, maar de donkerrode vond ik het mooist. Sommige rozen geurden zo sterk dat ik zin had om mijn neus dicht te knijpen.

'Ze zijn mooi,' zei mijn vader. 'Maar toch hou ik meer van anjers. Vooral van de witte. De meeste mensen vinden ze lelijk, maar ik niet. Mamma had een trouwboeket van prachtige witte anjers. Had ik zelf uitgezocht.'

We aten broodjes zalm, en hij zei wel een paar keer: 'Dat ik dat toch weer kan. Wie had dat gedacht, Ruben.'

'Het gaat geweldig, pappa.'

'Ik ben wel gauw moe.' Hij zuchtte. 'Veel moeier dan vroe-ger.'

Toch wilde hij na het rosarium naar het kerkhof.

'Het is prachtig weer en je weet hoe dol ik op kerkhoven ben. Toen we in Frankrijk waren...'

Opeens bleef hij staan.

Hij veegde het zweet van zijn voorhoofd.

'Morgen,' zei hij. 'Nu wil ik naar huis.'

21

Die eerste keer op een Frans kerkhof herinnerde ik me wel. Het was warm. Het zonlicht was schel. De oude bomen en dichte struiken vormden zwarte schaduwplekken. Ik was nog klein, een jaar of zes, maar ik was niet bang.

Er stonden mensgrote beelden. Veel engelen met gespreide vleugels of beelden van huilende vrouwen. Er stonden overal kunstbloemen en lantarentjes met, soms brandende, kaarsjes erin. Vooral de huisjes waren geheimzinnig. Je kon door de stoffige raampjes kijken. Dan zag je daarbinnen in het half-duister soms een bidbankje of een krans van harde bruine bladeren. Je kon zelfs zo'n smeedijzeren deurtje openmaken en naar binnen gaan, maar dat mocht ik niet. Eén keer zag ik ergens een arm uit een graf steken, maar het bleek een gewone kale boomtak te zijn.

Het was alsof de dood daar anders was dan op ons kerkhof.

We hadden de fietsen in het rek gezet en liepen over de smalle paden tussen de graven. De droge schelpen knerpten onder onze voeten. Waar je ook keek, overal stenen. Rechtop of liggend. Ik vond ze griezelig, want ineens besefte ik dat er mensen onder lagen. Mensen die dood waren.

Mijn vader stond stil bij een heel oud graf.

De steen hing een beetje scheef. De zwarte letters waren bleek geworden, maar ik kon de naam nog wel lezen.

'Hier ligt een zusje van mamma,' zei hij. 'Ze is verdronken toen ze acht was.'

Ze was dus een tante van me.

Een tante van acht.

In gedachten zag ik haar in die kist liggen, dat meisje van acht.

Doodeng.

Je lag in die kist en je kon niet meer ademen. Je voelde niets meer, je wist niets meer. Je kon niet opstaan, niets meer zeggen, want je was dood.

Maar misschien was dat niet waar. Misschien werd je opeens wakker in het donker. Je wist natuurlijk niet meteen dat je in die kist lag. Dat merkte je pas als je je armen ging uitstrekken en je handen het hout van de zijkanten voelden. En wat dan? Je kon schreeuwen, maar niemand hoorde je.

'Hoe weten ze nou dat je echt dood bent?'

'De dokter constateert dat je hart het niet meer doet. En je weet...'

We liepen verder.

Behalve mijn tante lagen hier geen familieleden. De ouders van mijn moeder waren gecremeerd en mijn vader kwam uit een andere stad.

Ik vond het kerkhof akelig. Het was heel anders dan in Frankrijk. Net of dit echter was. Ik wilde het liefst zo snel mogelijk naar huis, maar mijn vader niet.

'Een kerkhof is zo vredig,' zei hij. 'Daarom kom ik er graag.'

Ik zei maar niks.

Hij stond stil bij een graf aan het eind van het pad.

Op de kleine, rechte steen stond alleen een naam.

Eromheen was een lage buxushaag. Vergeleken met andere graven zag dit er een beetje armzalig uit.

'Hier ligt een beroemde cellist,' zei mijn vader. 'Die man kon zo prachtig spelen, Ruben. Ik heb hem vaak gehoord. Hij kon zijn instrument laten zingen. Niemand kon zo schitterend Bach spelen als hij. Ik heb al zijn grammofoonplaten en ik zal je vanavond wat van hem laten horen.' Hij zweeg, draaide zich om en zei: 'Zo zou ik ook begraven willen worden. Met zo'n kleine steen en een beetje groen eromheen. Is dat niet prachtig?'

Hij verwachtte gelukkig geen antwoord.

We liepen naar de uitgang, pakten onze fietsen en reden naar huis.

48

22

Hij wilde zelfs weer mensen zien!

Een paar vrienden met wie hij naar concerten ging, mevrouw Visser en een oude dikke dame die zangeres, danseres of toneelspeelster was geweest. 'Vroeger heel beroemd,' zei mijn moeder. Ik hield me zo stil mogelijk om geen woord te missen. Ze sprak deftig, maaide met haar handen of ze de lamp van het plafond wilde slaan en ze had een gezicht waar drie potten verf op waren gesmeerd. Het raarst vond ik nog de grote roze strik in een bos roetzwart haar. Net of ze aan de bovenkant een kind was.

Mijn moeder belde ook de twee broers van mijn vader, maar die wilden niet komen. Ze gingen met vakantie en ze kwamen toch op zijn verjaardag in juli. Mijn moeder was kwaad, mijn vader keek sip, maar deed of het hem niks kon schelen.

Alles was leuk, tot tafeltjesavond.

Er was maar één school die zo iets achterlijks had en dat was de onze.

Op tafeltjesavond zaten de ouders aan de ene kant van de tafel en de juf of de meester aan de andere kant. In een tien-minuten gesprek werd dan verteld hoe je ervoor stond. Deze keer was het nog erger: wij zaten in groep acht. Het was voor ons de laatste tafeltjesavond en onze ouders kregen te horen welke school ze geschikt voor ons vonden.

'Tafeltjesavond! Geen school doet dat nog,' zei Stef. 'Het is ook zo'n onzin. Ze hebben alles al in april beslist.'

'Net een kleuterschool,' zei Rowan, 'en dat vinden mijn ouders ook.'

'Maar die houden toch zo van praten?' vroeg Kevin.

'Niet met de meester,' antwoordde Rowan. 'Ze praten met mij.'

Dat deed mijn vader niet.

Hij had zijn mooie lichtgrijze pak aan met een blauwe das op een hagelwit zelf gestreken overhemd. Hij zag eruit alsof hij bij de koningin op bezoek moest.

Hij ging precies op tijd weg.

Ik had de laatste tijd redelijke cijfers, maar toch zat ik in de rats. Ik dacht aan de onvoldoende die ik voor aardrijkskunde had gehaald, aan de Citotoets die ik wel goed gemaakt had, aan het opstel waar 'uitmuntend!' onder stond, maar toch...

'Ik zou me niet zo druk maken,' zei mijn moeder. 'In het ergste geval mag je niet naar het gymnasium. En dat wil je toch ook niet?'

'Misschien moet ik nog een jaar op school blijven, omdat ik zo stom ben.'

Daar moest ze om lachen.

Het werd nog erger dan ik gedacht had.

Toen mijn vader thuiskwam, kon je op de trap al horen dat het mis was. Hij stampte de treden op.

Woedend, dat was wel duidelijk.

Hij kwam binnen en zei: 'Je staat er schitterend voor, Ruben. Ik weet niet wat ik met je aan moet. Je zou alles kunnen, maar het zit er niet in, zegt je onderwijzer. Je hebt de juiste mentaliteit niet.'

Dat had ik kunnen weten.

De meester had het me wel honderd keer gezegd.

'En nu?' vroeg mijn moeder.

'Hij heeft gezegd dat hij zich niet kan concentreren, dat hij zijn kop er niet bij kan houden, dat hij maar zit te dromen. Dus te lui dat hij lacht.'

Hij stampte naar boven om zich te verkleden. Dat deed hij ook altijd als hij uit kantoor kwam. Even later dronken we koffie.

Mijn vader had zijn pruimenmondje. Met getuite lippen, stijf op elkaar, alsof ze waren vastgeplakt.

Op zo'n moment kon je beter niets zeggen.

En helemaal niet vragen of je naar de tv mocht kijken.

Zelfs mijn moeder durfde dat niet.

Ik pakte een boek en probeerde te lezen.

Het was stil in de kamer. Zo'n stilte die in je oren kruipt. Zo'n stilte die je bijna kunt horen. Zo'n enge stilte. Of er iets verschrikkelijks gaat gebeuren.

Ik snapte wel dat er nog iets zou komen, maar het kwam toch nog onverwachts. Net toen ik helemaal weg was in mijn boek gebeurde het.

Er klonk een klap, zo hard, dat ik van schrik bijna met stoel en al achterover sloeg. Het klonk alsof er in de kamer een kast omviel. Of er werd geschoten.

Mijn moeder gaf een gil.

'Wat gebeurt er?' riep ze.

Mijn vader had met zijn vlakke hand zo hard op het tafelblad geslagen, dat zijn koffiekop op het schoteltje stond te dansen.

'Het is verschrikkelijk,' zei hij met ingehouden woede. 'Je moest een pak op je donder hebben. Je krijgt alle kansen en je maakt er niks van. Alleen omdat je te beroerd bent om te werken.'

'Zo kun je dat niet doen, Johan,' zei mijn moeder. 'Ik wil niet...'

'Hij zou gemakkelijk naar de universiteit kunnen, maar hij heeft geen zin in leren. HIJ WIL NIET LEREN.'

'Dat is niet waar,' zei mijn moeder. 'Hij doet zijn best toch.'

'Dat doet hij juist niet. Hij zit de hele dag te lanterfanten. Naar buiten te kijken. Dat zeg ik toch. Zijn onderwijzer zegt dat ik gelijk heb: dat hij slim genoeg is om naar de universiteit te kunnen.'

'Jij hebt toch ook geen universiteit,' zei mijn moeder kriebelig. 'Je hebt nog niet eens VWO. Er kan nog een heleboel veranderen. Laat die jongen toch worden wat hij wil. Hij kan naar de Havo, wat wil je nog meer?'

Mijn vader gaf het op.

Hij haalde zijn schouders op en zei: 'Luister vooral naar je moeder. Je kunt haar nog eens nodig hebben als je solliciteert als vakkenvuller in de supermarkt.'

Zo minachtend had ik hem nog nooit gehoord.

Hij sloeg de deur achter zich dicht en ging naar zijn kamer.

23

Rowan had ook een havoadvies.

Zijn ouders hadden er een halve avond met hem over gepraat.

'Je kunt meer,' had zijn vader gezegd. 'Veel meer.'

En zijn moeder: 'Maak je maar niet ongerust, Rowan. Je bent een laatbloeier. Over een paar jaar zullen ze eens zien, dan ben je de beste van de klas.'

Anton moest hard lachen.

'Een verdorde bloem op een steeltje. Misschien ga je wel bloeien als je tachtig bent.'

Niemand viel hem bij.

Rowan was eigenwijs en daarom stom, vonden wij.

'Ik kom je wel water geven,' pestte Anton.

'Neem je dan je laptop mee?'

'Die heeft hij toch niet meer,' zei Stef geërgerd.

Anton stak zijn tong uit.

Hij had geen advies. Zijn moeder was niet gegaan en zijn vader vond tafeltjesavond flauwekul.

Stef kon niet goed leren.

Volgens de meester was het de vraag of hij het in de brugklas zou redden.

'Mijn vader was zo kwaad,' vertelde Stef, terwijl hij zijn voetbal steeds sneller tussen zijn handen liet draaien. 'Hij vindt het idioot dat ik zo lang op school moet blijven. Hij vindt het vmbo flauwekul. Hij zegt dat ik hartstikke goed ben in de garage. Daar is mijn plaats, zegt hij. In de praktijk leer je alles. Ik krijg later de garage en daarmee uit. Maar ik wil prof worden.'

'Ja,' zei Rowan. 'Dat weten we nou wel.'

Kevin had gymnasiumadvies.

'Ik hoop dat we in dezelfde brugklas komen,' zei hij.

'Vast niet,' zei Stef. 'Anton moet nog een jaartje op de basis blijven. Hij is de stomste van ons allemaal.'

Anton sprong op alsof hij wilde gaan vechten.

'Kom op!' riep Rowan. 'Voetballen.'

Op hetzelfde ogenblik zagen we de overbuurvrouw. Ze tikte tegen het raam en schudde met haar hoofd.

'Die heeft ogen in haar rug,' zei Stef.

'Ik ga naar huis,' zei Rowan. 'Hier is niks te beleven.'

Met Anton achter zich aan slenterde hij de poort uit.

Kevin en ik bleven zitten.

'Is je vader nog kwaad, Ruben?'

'Nee,' zei ik. 'En ik ook niet.'

24

Eind juni zouden we vakantie krijgen.

Bijna alle kinderen in onze klas hadden plannen: de meeste gingen naar Frankrijk of Italië. De Turkse en Marokkaanse kinderen gingen naar Turkije en Marokko. Kevin wilde naar zijn vader in Suriname. Rowan ging met zijn ouders naar Griekenland en Stef zou met een oom en tante een trektocht gaan maken.

Anton en ik bleven thuis.

Mijn moeder, die dol op kamperen was, die altijd wekenlang weg wilde, had dit jaar geen zin.

'Ik kan moeilijk vrij krijgen,' zei ze. 'En ik vind het wel leuk om af en toe een dagje uit te gaan. Naar de dierentuin of zo.'

Ik geloofde er geen woord van.

'Misschien durft ze niet weg om je vader,' zei Kevin.

'Die is net zo gezond als jij,' zei ik. 'Hij loopt als een kiekeroe. Man, hij is de hele dag in de weer. Hij is zo sterk als een paard. Net als vroeger.'

Dat was niet waar.

Hij wilde niet meer fietsen.

Hij ging opeens 's middags een dutje doen en als we samen ergens heen liepen, zei hij steeds: 'Een beetje rustiger. Ik kan je niet bijhouden.'

Hij was zo mager.

Je kon het aan zijn gezicht zien.

Het was alsof het langer en bleker werd.

Hij ging elke dag op de weegschaal staan.

Niks erbij, niks eraf.

'Dat laatste is een goed teken,' zei mijn moeder opgewekt.

'Genezen kost tijd, Johan. Zoiets gaat niet in een paar dagen.'

Maar mijn moeder werd ook anders dan anders.

Ze was niet zo vrolijk meer.

Als ik vroeg of er wat was, zei ze: 'Nee, wat zou er zijn?'

Op school had ik geen problemen. Over tafeltjesavond werd niet gesproken. We moesten nog een week of zes tot we, zoals de meester zei, 'de deur voorgoed achter ons dicht konden trekken.'

Op vrijdag mochten we eerder naar huis. Om twee uur, werd er eerst gezegd. Ineens werd het twaalf uur. De hele middag vrij!

'Dan kunnen jullie een beetje gaan fietsen,' zei mijn moeder.

Mijn vader schudde zijn hoofd.

'Ruben wil best met je gaan wandelen.'

Hoe ze ook aandrong, wat ze ook bedacht, hij wilde niets.

Hij wilde liever op zijn kamer naar muziek luisteren, maar hij luisterde steeds minder. Veel vaker dan vroeger bleef het stil op zijn kamer. En als je binnenkwam, zat hij stil voor zich uit te staren, alsof hij naar iets keek in de verte.

Je kon zien dat hij moe was.

Eigenlijk altijd moe.

Misschien komt het door de operatie, dacht ik.

Van de vier maanden tot de volgende operatie waren er bijna twee voorbij.

Op mijn eerste vrije vrijdagmiddag kwam mevrouw Visser om een uur of drie een boek brengen.

Mijn vader deed net zijn middagdutje en mijn moeder wilde hem niet wakker maken.

'Zet jij even theewater op?' vroeg ze.

Tot ergernis van mijn moeder wilde mijn vader geen elektrische waterkoker, omdat onze fluitketel het nog steeds goed deed.

Nu was ik er blij om.

Ik ging naar de keuken en liet alle deuren open.

Toen ik de ketel had laten vollopen en het gas had aangedraaid, sloop ik de gang op om te luisteren.

'U moet met hem naar de dokter gaan,' zei mevrouw Visser zachtjes.

'Maar hij wil niet!'

'U moet zeggen: baat het niet dan schaadt het niet.'

Het water begon te razen. Ik verstond alleen nog wat losse woorden en toen de fluitketel floot helemaal niets meer.

Mijn moeder kwam de gang in om in de keuken thee te zetten.

Ik zag dat ze gehuild had.

Op haar wangen glinsterden sporen van weggeveegde tranen.

Ik ging zitten, maar ik durfde niets te vragen.

Van mevrouw Visser werd ik niets wijzer.

Ze had het over de supermarkt die tegenwoordig zo goed was, over de nieuwe school waar ik heen zou gaan en over de stukjes die ze schreef voor het kerkblad.

'Over kinderboeken, Ruben, had je dat ooit gedacht?'

Ik wist niet wat ik zeggen moest.

Mijn moeder lachte.

Heel gewoon en vrolijk.

Alsof er niets aan de hand was.

25

Voor mijn gevoel duurde het dagen voor ik erachter kwam.

Mijn moeder vertelde het me.

Er was niets met zijn stoma, maar zijn buik werd harder en dikker.

Hij had geen pijn, niet veel tenminste.

Af en toe een beetje.

De afspraak was dat hij zich drie maanden na zijn operatie in het ziekenhuis zou laten controleren en dat dan zijn stoma weggehaald zou worden.

Zo ver was het nog niet, zei hij.

Nog een maandje geduld.

Er was immers geen enkele reden om nu al naar de dokter te gaan.

Ten slotte ging mijn moeder zelf.

'Bep is toch zo'n schat,' zei ze tegen mij. 'Morgen komt ze zelf om hem te onderzoeken. Ze begrijpt het allemaal.'

Ik was er niet toen Bep op bezoek kwam, maar ik werd wel meteen ingeschakeld. Ze had op vrijdagmiddag een afspraak met de chirurg gemaakt. Mijn moeder moest werken; ik had mijn vrije middag, dus...

Het leek me eng, maar ze verzekerde me dat er niets aan de hand was.

'Een controlebezoek,' zei mijn moeder. 'Niks bijzonders.'

Dat vond de chirurg ook.

Mijn vader kwam uit zijn spreekkamer en ging naast me zitten.

'Die kerel zegt dat er niks is. Hij heeft me weggestuurd, want hij vindt me een aansteller. Hij beweert dat ik bang ben dat de kanker terug is en dat ik daarom van alles voel wat er niet is. Maar ik heb pijn. Ik wou het niet tegen mamma zeggen, maar de pijn wordt steeds erger. En ik ben zo moe, Ruben, zo vreselijk moe. Soms heb ik het gevoel dat ik geen voet meer kan verzetten.'

Hij hield zijn handen tegen zijn buik.

Alsof hij de pijn wilde aanwijzen.

'Ben ik zo'n schijtlaars, Ruben? Je moet het eerlijk zeggen.'

Ik schudde mijn hoofd, want mijn vader was allesbehalve een bangerd.

Wat ik precies zeggen moest, wist ik ook niet.

'Mamma weet wel raad,' zei ik ten slotte.

En dat bleek geen onzin.

Mijn moeder werd woedend.

Ze greep de telefoon en belde Bep.

'De chirurg zegt dat Johan niets mankeert, dat hij zich aanstelt.'

Ze drukte de luidsprekertoets in zodat we Bep allebei konden horen.

Als we het over haar hadden, dacht ik altijd aan 'liefde', dat rare rode staafje op haar bureau. En die lieve zachte stem van haar.

Nu was Bep het tegendeel.

'Is ie belazerd,' schreeuwde ze door de kamer. 'Ik stuur mijn patiënten toch niet voor niks. Nee, jij hoeft niks te doen. Ik ga hem meteen bellen.'

We moesten alle drie lachen, tot Bep drie kwartier later binnenkwam.

'Johan,' zei ze, 'ik wilde je niet aan het schrikken maken, maar het lijkt me niet in orde. Ik heb afgesproken dat je morgen een uitgebreid bloedonderzoek krijgt en dat er een scan wordt gemaakt. Misschien moet je geopereerd worden; ik weet het niet.'

'Door die geitenbreier?' vroeg mijn moeder woedend.

Bep begon te lachen.

'Die heb ik zo op zijn falie gegeven dat hij me niet meer onder ogen durft te komen. Na de scan zien we verder, Johan.'

Hij knikte.

Hij zat erbij als een oude man.

Een stokoude man.

26

Het bloedonderzoek viel slecht uit.

De scan eigenlijk ook.

Er waren wel uitzaaiingen te zien, maar de dokter kon ze niet goed plaatsen. Het kon zijn dat er veel meer waren dan hij zag. Daarom moest mijn vader geopereerd worden. 'Dan weet ik precies hoe u ervoor staat,' zei de dokter.

Ik vond het een raar woord, uitzaaiingen. Het deed eerder aan een tuin dan aan het lichaam van mijn vader denken. En hoe groeiden ze?

Mijn vader hoefde niet lang op zijn operatie te wachten. Er was een patiënt uitgevallen en hij kon al de week erop geopereerd worden.

'Dat is een bof, zo vlug,' zei Bep.

Voor ons was het niet vlug.

De dagen kropen voorbij.

En ze werden steeds warmer.

Mijn vader zat meestal in een dunne kamerjas voor zich uit te kijken. Mijn moeder protesteerde. 'Kleed je nou eens aan!' smeekte ze af en toe, maar het hielp niet. Hij bleef somber, gaf nauwelijks antwoord en had voor niets en niemand belangstelling.

Ten slotte werd ze kwaad.

'Raap jezelf bij elkaar, Johan,' zei ze. 'Er is alle kans dat je beter wordt.'

'Geloof jij dat?'

'Ja,' zei ze. 'En Bep ook.'

Na schooltijd deed ik boodschappen of ik zat bij de jongens in de poort.

Anton zei: 'Ach joh, over een paar weken zit hij weer op de

fiets. Die vader van jou is zo sterk als een paard. Mijn moeder zegt altijd: die man is niet stuk te krijgen.' Hij deed onverschillig, maar ik zag dat hij echt aardig voor me wilde zijn.

Rowan haalde zijn schouders op: 'Met kanker weet je nooit.'

'Dokter Rowan weet alles,' zei Kevin.

'Mijn moeder...' begon Rowan.

'Ik wil een balletje trappen,' zei Stef. 'Dat gezeur. Jullie lijken wel ouwe wijven.'

Hij stond op en kaatste zijn bal tot die boven zijn hoofd uitkwam.

'Wie gaat er in het doel?'

'Pas nou op, Stef, straks kost het weer een ruit,' zei Kevin.

'Ik ben Anton niet,' zei Stef. 'Ik weet hoe ik voetballen moet. Kom op, jongens.'

Hij ging in het midden van de poort staan, draaide zich om als een atleet en schoot de bal weg. Met een klap kwam die tegen de voordeur van de overbuurvrouw. Stef wilde ervandoor gaan, maar hij was te laat. De buurvrouw was sneller dan hij. Ze vloog als een vogel zo vlug de stoep op, pakte de bal en riep: 'Zie maar dat je hem terugkrijgt. Ik heb jullie genoeg gewaarschuwd.'

Ze gooide de bal de gang in en trok de voordeur triomfantelijk achter zich dicht.

'Die ben je kwijt,' grijnsde Anton. 'Die krijg je nooit meer uit haar handen.'

'Het is een hartstikke dure bal,' zei Stef.

'Ze mag hem niet houden,' zei Rowan. 'Dat is bij de wet verboden. Dat zegt mijn vader. Echt waar, Stef.'

Ik had geen zin om langer te blijven en ging naar huis.

Mijn vader zat op het achterbalkon in de schaduw.

Ik pakte een stoel en ging bij hem zitten.

Een paar keer had ik het gevoel dat hij iets tegen me wilde zeggen. Hij ging verzitten, rechtte zijn rug, keek me aan en zei niks.

Ik wist niet wat ik doen moest. Tot ik na een tijdje stilte over de voetbal vertelde. Ik overdreef een beetje en ik zag dat hij het een leuk verhaal vond.

Hij stond zelfs op om thee te zetten.

Dat had ik tenminste bereikt.

27

Dokter Boon was de aardigste dokter die ik ooit gezien had.

Hij ontving ons in het ziekenhuis alsof we vrienden van hem waren.

Mijn vader kreeg een kamertje alleen en hij zou de volgende ochtend om een uur of elf geopereerd worden.

Mijn moeder belde de familie: 'Waarom weet ik eigenlijk niet, maar dat schijnt te moeten.' Om hem niet te vermoeien mochten zijn broers 's avonds niet op bezoek komen, maar ze kwamen toch. Allebei. Ze hadden vruchten meegebracht die mijn vader niet mocht eten en ze riepen om beurten dat de operatie best zou meevallen.

Grotere tegenstellingen dan tussen mijn vader en zijn broers kon ik me niet indenken: mijn vader zo teer en mager, zij zo dik en schreeuwerig.

We waren blij toen ze vertrokken.

Mijn vader was te neerslachtig en te nerveus om zich druk te maken.

'Gaan jullie maar weg,' zei hij na een tijdje. 'Ik red me wel.'

Mijn moeder pakte zijn hand en kuste hem.

'Dag schat,' zei hij zachtjes. 'Dank je wel.'

We gingen gauw naar huis.

Onderweg kochten we bami bij de afhaalchinees, maar we aten er nog niet de helft van op.

De volgende dag ging mijn moeder naar haar werk en ik naar school.

Na de pauze deden we taalspelletjes.

Daar was onze meester een ster in.

Hij verzon van alles en ik had bijna altijd goede antwoorden.

Ook nu.

Ik wist dat mijn vader op de operatietafel lag. Ik wist dat de dokter in hem stond te snijden en dat hij kon zien of er uitzaaiingen waren. Nu zag hij hoe erg het met mijn vader was. Volgens de meester kon ik me nooit concentreren, maar nu kon ik dat wel.

Het was net of het niet echt gebeurde.

Of het niet om mijn vader ging.

Of ik niet ik was.

Mijn moeder kwam tussen de middag niet thuis. Ze belde dat er nog niets bekend was, dat ze pas om een uur of vier mocht bellen.

Ik ging maar naar de poort.

Anton zat er al.

'En?'

Ik schudde mijn hoofd.

'Rot hoor,' zei Anton en hij gaf me een stomp, ergens tussen mijn ribben.

Even later kwam Kevin.

We zaten met z'n drieën op een rijtje tegen de muur.

Niemand wist wat hij zeggen moest.

Anton raapte steentjes van de grond en gooide ze tegen de muur aan de overkant. Dat probeerde hij tenminste. Het lukte geen enkele keer.

We gingen vroeg naar school en hingen een beetje rond op het speelplein.

Om half vier speelden we nog een beetje basketbal.

Toen ging ik naar huis.

Mijn moeder lag met haar hoofd op de tafel te snikken.

'Hij zit vol, stikvol,' schreeuwde ze bijna. 'Het kan niet erger.'

28

Er was niets meer aan mijn vader te doen.

Hij was opengesneden en weer dichtgemaakt.

De uitzaaiingen zaten overal.

Na een paar dagen mocht hij naar huis.

Mijn moeder en ik gingen 's morgens bloemen kopen.

Ze zocht rode rozen uit.

Wel veertig.

Ik wilde anjers, maar dat mocht niet.

'Anjers zijn zo koud,' zei ze. 'En rode rozen zijn het symbool van de liefde.'

Bij het laatste woord brak haar stem.

Ik zei dus maar niets meer.

Dokter Boon wist niet hoe lang mijn vader nog te leven had.

In ieder geval niet lang meer.

Hij moest tweemaal per week naar het ziekenhuis komen, op dinsdag voor controle, op vrijdag voor een injectie.

'Geen chemo,' zei mijn moeder.

'Dat wil hij niet.'

Ik vroeg niet waarom hij die injectie kreeg.

Dat durfde ik niet.

'Hij wordt er niet beter van,' zei de dokter. 'Maar hij zal minder pijn hebben.'

Mijn moeder wilde hem brengen en halen met de auto.

Ze had haar baan opgezegd.

'Aanstaande vrijdag moet ik nog werken,' zei ze.

'Dan moet jij maar met een taxi gaan.'

Samen gingen we naar zijn kamer.

Hij zat al klaar.

Stijf rechtop in een stoel zonder leuningen.
Mijn moeder haalde zijn kast leeg.
Ze vouwde zijn kleren op, stopte ze in de tas en hij keek toe.
Een beetje misprijzend, want hij deed alles veel netter.
Er was weinig verkeer, we waren al snel thuis.
Het huis stond vol bloemen.
De benedenbuurvrouw, die de sleutel had, had ze keurig in vazen gezet.
Bloemen van vrienden, van familie, van mensen uit de buurt, het leek wel of er feest was.
's Middags kwam zijn baas op bezoek.
Een lange man, bijna te groot voor onze kamer.
'Ziet er niet goed uit, hè?' zei hij luid, terwijl hij ging zitten.
'Maar niet wanhopen, hoor. Ze zijn tegenwoordig zo ver. En we houden je plaats op kantoor open.'
Hij lachte, maar waarom?
We waren blij toen hij weg was.
Mijn vader sliep veel.
Na een paar dagen leek hij een stuk beter.
Hij had geen last van zijn stoma, kon bijna alles eten.
En hij at meer dan ooit.
Alsof hij hoopte zo beter te kunnen worden.

29

Die vrijdag gingen we in een taxi naar het ziekenhuis.
In de wachtruimte zaten twee jongens.
De een nog kaler dan de ander.
Mijn vader mocht meteen de spreekkamer in.
'Ik sta al op u te wachten,' zei dokter Boon lachend.
Ik ging naast de twee jongens zitten.
Een stoel tussen ons in.
Ik had geen boek meegenomen. Er lagen geen tijdschriften en ik wist niet wat ik doen moest.
Ik keek naar de jongens, maar zij keken niet naar mij.
Ze hadden het te druk met elkaar.
'Wat was het leuk op die afdeling van Sonja,' zei de kaalste.
'Wat hebben we daar een lol gehad.'
'Die zusters daar konden goed meedoen. Herinner je die ene nog? Sofie heette ze, geloof ik.'
'En Jim! Wat kon die tekeergaan, zeg! Weet je nog van dat kussengevecht?'
'Nou en of! Hoe is het met Jim? Ik heb hem in geen tijden gezien.'
'Die is er niet meer, joh. Die laatste kuur werkte niet.'
'De mijne ook niet,' zei de oudste jongen.
Hij zei het nuchter, bijna of het over iemand anders ging.
'Ik word in november zeventien. Ik hoop dat ik het haal, want ik wil nog wel mijn verjaardag vieren. Hoe gaat het met jou?'
'Goed, volgens de dokter. Ik heb pas een zwaardere kuur gekregen die pakt. Mijn haar begint weer een heel klein beetje te groeien.'
'Ik zie er niks van.'

'Ik voel het. Echt waar.'

Ik moest naar hem kijken, of ik wilde of niet.

Hij was een paar jaar ouder dan ik en hij had kanker.

Hij zou misschien doodgaan, net als die jongen van bijna zeventien.

De deur ging open en mijn vader kwam naar buiten.

Aarzelend, of hij zijn weg moest zoeken.

'Hij is een beetje duizelig,' zei de dokter, 'maar dat is zo over.'

We gingen nog even naar het restaurant beneden.

Mijn vader nam koffie met appeltaart.

'Mag je dat hebben?'

'Ik mag alles,' antwoordde hij. 'Ik ga goed eten. De dokter zegt: dat helpt.'

Hij lachte.

'Ik ga heel erg mijn best doen, Ruben.

Ik wil beter worden.'

30

'Die heb ik weer,' zei Stef, terwijl hij zijn voetbal omhoog gooide. Zijn vader had hem de vorige avond van de overbuurvrouw losgekregen.

'Had ik niet gedacht,' zei Kevin.

'Mijn vader is ook niet gemakkelijk,' grijnsde Stef. 'Mijn moeder zegt altijd: die kun je om een boodschap sturen.'

'Je kon hem bij ons horen schreeuwen,' zei Rowan. 'Man, wat ging die tekeer.'

Stef begon te vertellen wat zijn vader deed als hij klanten had die niet betaalden, maar wij luisterden niet. Die verhalen kenden we zo langzamerhand wel.

'Waar blijft Anton?' vroeg Kevin. 'We hadden toch afgesproken om te basketballen? Hij zou meteen na het eten komen.'

'Ruzie thuis,' vertelde Rowan, die altijd alles wist. 'Zijn vader had een nieuwe scharrel en toen heeft zijn vriendin hem eruit gegooid. Nou wil hij weer thuis komen, maar Antons moeder wil hem niet meer. Ze heeft mijn moeder verteld dat ze hem desnoods door de politie het huis uit laat gooien.'

Ten slotte kwam Anton toch.

We konden zien dat hij gehuild had.

Niemand wist wat hij moest zeggen.

'Ik vind het rot voor je,' zei Kevin toen Anton was gaan zitten.

'Je moeder was behoorlijk kwaad, hè?' zei Rowan, die soms zo tactvol kan zijn als een konijn. 'En je vader...'

'Hij heeft mijn laptop meegenomen,' zei Anton. 'Die had hij zogenaamd voor mij gekocht, maar hij was van zijn vriendin en die wou hem terug.'

'Stom wijf,' zei Stef. 'Ze kan toch een andere kopen.'

'Dat vind ik niet,' zei Rowan. 'Zijn vader...'

Kevin gaf hem een por en hij hield zijn mond.

'Zullen we gaan basketballen?'

Niemand had zin.

We bleven maar zo'n beetje zitten klooien tot Stef opstond: 'Het is me hier te warm hoor. Ik ga naar huis.'

Rowan ging ook weg.

Wij bleven met z'n drieën zitten. We hadden elkaar weinig te vertellen. Misschien doordat het zo warm was. Misschien ook omdat we niet wisten wat we tegen Anton moesten zeggen. Die kwam na een kwartiertje overeind en ging weg.

'Hoe is het nou met jouw vader?' vroeg Kevin een paar minuten later.

'Goed. En met de jouwe?'

Ik moest eigenlijk lachen: twee van die stomme vragen achter elkaar.

'Best,' zei Kevin.

'Wanneer komt hij weer thuis?'

'O, voorlopig niet.'

'Kan hij nog niet lopen?'

'Natuurlijk wel. Hij heeft toch krukken.'

Ik durfde niet verder te vragen. Ik dacht aan de verhalen over zwarte mannen die allemaal vreemd gingen, allemaal een buitenvrouw hadden.

'Mijn moeder snapt het wel. In Suriname is alles heel anders, de mensen, het eten, de warmte...'

'Het is hier toch ook warm?'

'Maar anders warm. De mensen leven er veel vrijer, zegt mijn moeder.' Hij wachtte even en vervolgde: 'Mijn oma vindt het wel fijn dat hij er nog is. Ze belt heel vaak op.'

Hij schopte tegen een steen die er niet lag.

'Als hij te lang wegblijft, is hij zijn werk kwijt. Dan komen we in de bijstand.'

'Dat zou erg zijn. Maar zo stom is jouw vader toch niet? Hij komt vast gauw thuis, Kevin, vast.'

Kevin knikte: 'Dat hoop ik maar.'
'Zullen we naar het zwembad gaan?'
'Doen we,' zei Kevin.
Maar we gingen niet.

31

Mijn vader deed of hij niet ziek was.

Hij ging met mijn moeder boodschappen doen. Hij liep in zijn eentje een straatje om. Hij haalde mij een enkele keer van school.

We wandelden op een middag naar het park, maar ver kwamen we niet. Al na twee straten wilde hij naar huis. Hij was moe en had het koud. Hij zag er in zijn lichtgrijze zomerpak uit om – zoals mijn moeder zei – 'door een ringetje te halen'. Maar hoe warm het ook was, hij droeg buiten en binnen een sjaal. Hij had het altijd koud, hij liep altijd te rillen.

En er was nog iets.

Soms wist hij ineens niet meer wat hij had gezegd. Hij gebruikte verkeerde woorden zonder dat hij het merkte. En het gebeurde steeds vaker dat hij drie keer achter elkaar hetzelfde vertelde.

Hij at minder en wij zagen hem zwakker worden. Maar zijn haar viel niet uit. Dat vond ik een goed teken.

Dat was het niet.

'Hij krijgt geen kuur om zijn leven te verlengen,' legde mijn moeder uit. 'Hij krijgt morfine om de pijn te verlichten. Morfine verdooft en daardoor is hij soms in de war. Hij is een hopeloos geval, Ruben, maar dokter Boon zegt dat hij ijzersterk is en hij het nog lang kan volhouden.'

Ik bekeek hem opeens met andere ogen.

Nu pas begreep ik dat hij er net zo aan toe was als de kale jongens in de wachtruimte. En hij begreep het ook. Opeens, totaal onverwachts, leek het of hij zijn ziekte had aanvaard.

Het gebeurde zomaar, op een middag.

Het werd zo broeierig dat de kleren aan je lijf plakten. De

zon was weg en de lucht was donker geworden. Als je op het balkon stond, zag je lichtflitsen boven de huizen.

'Het gaat onweren,' zei ik, terwijl ik naar binnen liep. 'En regenen. Lekker.'

'Kom hier,' zei hij. 'Ik moet je wat vertellen.'

Ik ging tegenover hem zitten aan onze ronde antieke eettafel.

Hij keek me aan.

'Ik ben ziek en ik ga dood,' zei hij. 'Dat weet je toch?'

Ik begon op mijn stoel te schuiven en met mijn voeten te schuifelen.

'Ik wil je iets zeggen nu het nog kan.' Hij wachtte even, slikte en ging langzaam verder, alsof hij elk woord overwoog.

'Weet je nog, die keer, toen ik zo kwaad was...'

'Na tafeltjesavond.'

Hij knikte.

'Maar ik was niet kwaad, Ruben. Ik wou je alleen iets vertellen, iets duidelijk maken.' Hij begon opeens bijna gewoon te spreken. 'Die mevrouw die hier laatst geweest is, je weet wel, die met dat opgemaakte gezicht en die strik in haar haar. Dat was mijn balletlerares. Ik wilde vroeger maar één ding en dat was balletdanser worden.'

'O,' zei ik. 'Daarom ben je zo lenig.'

'Ik werkte ontzettend hard, ik was begaafd. Ik had er alles voor over om een leven lang ballet te doen. Maar ik had te lange benen. Daardoor kon ik geen beroeps worden. Dat was zo vreselijk. Ik moest geld gaan verdienen en ik kreeg een baantje bij de verzekeringsmaatschappij waar ik nu nog werk. Mijn hele leven heb ik mijn werk vreselijk gevonden. Elke ochtend ben ik met tegenzin naar mijn werk gegaan. De mensen op kantoor vond ik afschuwelijk. Die hadden alleen belangstelling voor sport. Niemand daar was ooit naar een concert geweest. Ballet vonden ze belachelijk. Dat was voor vrouwen en homo's. Ik begon gekke opmerkingen te maken, waar ze om lachen moesten. Dat was de enige manier om me te handhaven. Maar ik ben er doodongelukkig geweest. Door mamma en mijn muziek kon ik het aan, maar anders...'

Buiten begon het te plenzen.

Het werd meteen koeler.

'Dat wil ik jou besparen. Je mag worden wat je wilt, bouwvakker of dokter, dat kan me niet schelen. Als je er maar gelukkig mee bent. Als je maar niet steeds denkt: had ik maar iets anders gedaan. Wij zijn niet rijk en je zult je leven lang voor jezelf moeten zorgen. Er zijn ontzettend veel beroepen en je moet kunnen kiezen wat bij je past, Ruben. En kiezen kun je pas als je een goede opleiding hebt. Verdroom je tijd niet. Ik wil zo graag dat je fijner werk krijgt dan ik heb gehad. Ik wil dat je jezelf alle kansen geeft. En dat kun je in deze tijd alleen met diploma's. Ik zal er niet meer zijn om je te helpen. Ik...'

Op dat moment kwam mijn moeder binnen.

Ze was druipnat.

'De balkondeuren staan open,' riep ze. 'Wat zitten jullie daar te doen?'

'Wij hebben een grote-mannengesprek,' zei mijn vader. 'Ik ga nu een glas wijn voor ons inschenken.

Hij stond op, zonder aarzelen, zonder wankelen.

Alsof hij kerngezond was.

32

Hij moest tweemaal per week naar het ziekenhuis. Op dinsdag werd hij gecontroleerd (of zoiets) en op vrijdag kreeg hij een injectie. Mijn moeder ging hem brengen en halen.

De vrijdag werd een familiemiddag. Dan mocht (moest) ik mee. We zouden een eind gaan rijden en ten slotte ergens wat drinken.

'Ik ben de taxichauffeur,' zei mijn moeder. 'En jullie zijn mijn klanten.' Ze deed het achterportier open. Pas toen we zaten begreep ik waarom. Mijn vader zat minutenlang wezenloos voor zich uit te kijken. Soms viel hij in slaap en duikelde om. Het was te gevaarlijk om voorin te zitten.

'We gaan naar Boslust,' zei ze die eerste vrijdag.

Toen ik klein was gingen we daar vaak heen. Dan zaten mijn ouders onder een parasol met een kop thee en was ik aan het schommelen of wippen. Daarna maakten we meestal een wandeling naar de vijver in het bos.

Mijn vader zat altijd voorin.

Hij had nooit willen leren autorijden, maar hij vond het heerlijk om naast mamma te zitten. En hij had nooit commentaar zoals andere vaders. De ouders van mijn vriendjes kregen altijd ruzie omdat hun vader niks anders deed dan mopperen en aanmerkingen maken.

Mijn vader kreeg in de auto iets vredigs.

Hij zat naar buiten te kijken alsof hij de mooiste dingen zag.

Nu ook.

'Wat zijn de bomen toch groen,' zei hij. 'Kijk eens hoe groot die rododendrons zijn. Heb je ooit zulke grote gezien?'

Langzaam reden we rechtsaf. 'Wat doe je nou? Zo gaan we naar het station!'

'Nee, pappa,' zei ik. 'Dan moeten we rechtdoor. Daar is de kerk. Zie je wel?'

Hij knikte.

'Hou me maar goed bij de les, Ruben, soms weet ik het niet meer.'

Bij de afslag naar Boslust zei hij: 'Wat is dit nu weer? Ik ken het hier niet. Je gaat helemaal verkeerd.'

'Dit is de weg naar Boslust, pappa. Het theehuis met de speeltuin.'

Hij pakte mijn hand en kneep erin.

'Je bent zo knap, Ruben. Ik ben zo trots op je.'

Ik bracht zijn hand naar mijn mond en gaf er een zoen op. Ik deed het plotseling, zomaar. Tegelijkertijd vond ik het zo gek dat ik zijn hand liet vallen.

'We zijn er bijna. Kijk maar.'

Toen we thuis waren wilde hij slapen.

Mijn moeder ging boodschappen doen.

Even later stonden we alleen in de kamer.

Hij legde zijn hand op mijn schouder, keek naar onze eettafel en zei: 'Kun jij je voorstellen dat ik daar binnenkort niet meer zit?'

'Nee,' zei ik.

Ik wist niet wat ik anders moest zeggen.

Hij schudde zijn hoofd en ging naar boven.

33

De vrijdag daarna kon ik het me heel goed voorstellen.

Het bezoek in het ziekenhuis duurde eindeloos.

Ik zat alleen in de wachtruimte en ik verveelde me dood. Ik was blij toen de deur van de spreekkamer openging en we konden gaan rijden.

Daar was geen sprake van.

De dokter en mijn moeder kwamen de spreekkamer uit.

'Dit is dus het einde,' zei ze, alsof ze wilde gaan huilen.

'Nee, mevrouw echt niet,' zei de dokter. 'Hij moet hier echt alleen blijven omdat hij een bloedtransfusie nodig heeft. Maandag kan hij weer naar huis. Hij heeft een ijzersterk hart en is vast van plan om het zo lang mogelijk vol te houden. U kunt erop rekenen dat hij maandag of dinsdag weer thuiskomt.'

We brachten mijn vader naar de bekende afdeling. Er was een andere hoofdzuster gekomen. Klein, dik en parmantig. Ze stelde zich voor met haar voornaam: 'Cor.' Ze las de gegevens en riep: 'Jullie wonen in de Maretak. Daar woont mijn tante, mevrouw Visser, ook. Ze heeft me wel eens over jullie verteld. Jullie zijn een beetje met elkaar bevriend, toch?'

We namen met een prettig gevoel afscheid van Cor, maar echt gerust op de goede afloop was mijn moeder niet.

Ze zei niet veel en als ik wat zei was het net of ze me niet hoorde.

Pas de volgende dag kwam ze in een betere stemming.

Mijn vader zag er veel beter uit.

Hij was opgewekt en praatte honderduit. Er zou 's avonds een concert zijn in de kapel van het ziekenhuis en daar wilde hij absoluut heen. We mochten wel komen, maar niet te lang blijven. En we moesten chocola meebrengen.

Toen wij 's avonds als eerste zijn zaaltje binnenkwamen, lag hij in bed. Hij was te moe om te praten. Dat hij naar het concert wilde gaan, wist hij niet meer en hij keek met afgrijzen naar de chocola die wij hadden meegebracht.

De volgende dag was een zondag. We waren nog niet zo lang uit bed en mijn moeder stond onder de douche, toen de telefoon ging.

Het was mevrouw Visser.

'Neem me niet kwalijk dat ik zo vroeg bel,' zei ze. 'Maar wil je aan je moeder vragen of zuster Cor en ik na kerktijd even op de koffie mogen komen?'

'Ze staat onder de douche, maar dat zal ze leuk vinden.'

Mijn moeder vond het helemaal niet leuk.

'Ik vraag me af wat er ons nu weer boven het hoofd hangt,' zei ze.

En dat was heel veel.

'Ik wil eerlijk en duidelijk zijn,' zei zuster Cor. 'Ik doe dit nooit, maar omdat u mijn tante zo goed kent...'

Ze wachtte, maar niemand zei iets.

'Het ziet er niet goed uit,' vervolgde ze. 'U moet van nu af aan bereikbaar zijn.'

'Hoezo?' vroeg mijn moeder. 'Zo erg is het toch niet. Dokter Boon zegt dat het goed gaat, dat het nog een tijd kan duren...'

'Ik zie dat je man stervende is. Geloof mij nu maar. Ik ben al zo lang verpleegster, ik zie wanneer het fout gaat. Geef mij je telefoonnummer, want ik wil je op ieder moment van de dag kunnen bereiken. En geen bezoek meer van andere mensen. Ook geen familie. Bezoek houdt hem vast aan het leven en dat moeten we niet hebben.'

Ze had het allemaal rustig en nuchter verteld.

Het duurde even voor het echt tot ons was doorgedrongen.

'Kom zelf ook niet te vaak,' zei Cor, terwijl ze opstond. 'Ik beloof je dat ik heel goed voor hem zal zorgen.'

Pas een paar uur later zei mijn moeder: 'Ik moet natuurlijk wel de familie bellen. Het zijn tenslotte zijn broers.'

Ze sprak het antwoordapparaat in, want ze waren nog niet terug van vakantie.

Mijn moeder zat het grootste deel van de middag bij de tafel. Ze zei niets en ze deed niets. Alsof ze heel ver weg was.

.

34

's Avonds was de familie terug van vakantie.

Mijn oom had mijn moeder op het antwoordapparaat gehoord en belde meteen op. Hij was woedend dat hij niet naar het ziekenhuis mocht. Hij sprak zo luid dat ik elk woord kon horen.

'Je probeert me daar weg te houden,' zei hij opgewonden. 'Maar ik zal morgen zelf de hoofdzuster bellen.'

'Het is toch zijn broer,' zei mijn tante die het gesprek overnam. 'Ik begrijp niet waarom je ons dit aandoet.'

'Jullie staan in de rij om naar het ziekenhuis te komen,' zei mijn moeder venijnig. 'Maar hier zie ik je nooit.'

'Omdat we ons niet welkom voelen.'

'Dat spijt me,' verzuchtte mijn moeder. 'Maar ik heb nu andere dingen aan mijn hoofd.'

We kwamen de dag op een vreemde manier door.

Mijn moeder liep voortdurend naar de snoeppot.

Toen alle drop, alle schoolkrijtjes op waren, keek ze me verbaasd aan: 'Heb ik dat alleen gedaan? Er is niets meer over.'

De volgende dag versliepen we ons zodat ik bijna te laat op school kwam.

Tussen de middag gingen we naar het ziekenhuis.

Zuster Cor kwam meteen op ons af.

'We komen maar een ogenblik,' zei mijn moeder. 'Ik wil hem even zien.'

Zuster Cor knikte begrijpend en vertelde dat mijn oom bijzonder verontwaardigd was dat hij niet mocht komen.

'Ik heb het uitgelegd en ten slotte begreep hij het.'

'Mooi,' zei mijn moeder onverschillig.

Mijn vader zat rechtop in bed naar muziek te luisteren.

'Prachtig concert,' zei hij. 'Beethoven.'

'Zijn we toch welkom?'

Hij keek bestraffend en zei: 'Als je niet te lang blijft.'

'Zo ken ik je weer,' zei mijn moeder.

'Weet jij waar mijn portemonnee is?'

Ze trok de lade van zijn kastje open en begon te zoeken: 'Heb je geld nodig?'

Opeens wist hij het niet meer.

'Ja, nee, dat quirijnse kwartje,' zei hij driftig.

Mijn moeder was soms een wonder.

'Je bedoelt de stuiver uit Curaçao, die je ooit van je vader hebt gekregen?'

Hij knikte heftig.

Mijn moeder vond zijn portemonnee en haalde er een vierkante zilveren munt uit.

'Wat wil je ermee?'

'Die is voor Ruben,' zei hij opeens weer helemaal gewoon. 'Moet je in je portemonnee doen, Ruben. Dan heb je altijd geld.'

Mijn moeder legde de stuiver in zijn hand. Ik zag opeens hoe dun, bijna doorschijnend die was.

'Als je hem verliest...'

Hij drukte de stuiver in mijn hand, zwaaide met zijn vuist en lachte.

In de gang vertelde mijn moeder dat de stuiver geluk brengt als je hem aan iemand geeft van wie je heel veel houdt.

'Hij heeft hem van zijn vader gekregen toen hij een jaar of twintig was en hem altijd bij zich gedragen.'

We gingen bloemen kopen om 's avonds mee te nemen.

We kibbelden omdat ze rozen kocht en geen anjers.

'Hou toch op,' zei ze. 'Dat zijn toch geen bloemen.'

Om een uur of zes waren we weer terug.

De verpleegster vertelde dat hij zat te eten.

We deden de deur van zijn kamer open en zagen hem zitten. Zijn lange lijf hangend in een stoel, met een vork tevergeefs in een stukje brood prikkend. Zijn ochtendjas zat onder de vlekken. Hij hing erbij als een veel te lange pop in een kinderstoel.

Samen probeerden we hem overeind te hijsen.

'Zo kun je toch niet leven, Johan,' zei mijn moeder zachtjes.

Hij schudde zijn hoofd.

'Breng me maar naar bed.'

Voetje voor voetje, mijn vader ondersteunend, strompelden we naar zijn bed.

Mijn moeder stopte hem in en streelde zijn wang.

Hij kuste haar, pakte mijn hand en sloot zijn ogen.

Wij slopen de kamer uit.

De volgende dag was hij dood.

35

Als er ergens een moord was gepleegd, werd dat in de poort druk besproken. Vooral Anton kon verschrikkelijke gruwelverhalen vertellen. Rowan wist altijd alles over lijken. En Kevin wist alles over geesten.

Stef vond vooral lijken eng.

Ik vond mijn vader niet eng.

Hij lag boven in zijn muziekkamer. Mijn moeder had het deksel van de kist gehaald en af en toe ging ik naar boven om naar hem te kijken. Hij was een beetje opgemaakt zodat zijn gezicht niet zo bleek was. De mevrouw die dat deed zei tegen ons: 'We zetten hem geen bril op, hè? Zonder is het net of hij slaapt.'

Zo was het niet.

Hij was dood.

Verschrikkelijk dood.

Maar niet eng.

Af en toe streelde ik zijn vingers. Die waren koud. Anders koud dan op straat in de winter, maar niet eng.

Mijn moeder praatte tegen hem en dat vond ik gek. Je kon toch duidelijk zien dat hij niets hoorde.

We waren samen naar het kerkhof gegaan om een graf uit te zoeken. Hij wilde niet gecremeerd worden. 'Is me te warm,' zei hij altijd.

Ik wist wat voor een graf hij wilde hebben.

Een kleine steen met een haag van buxus eromheen.

Net als de beroemde cellist.

De meneer van het kerkhof wist waar het graf was en mijn moeder vond het meteen mooi. 'Eenvoudig en natuurlijk,' zei ze. 'Dat past bij hem.'

Er kwamen heel veel mensen op bezoek.

Dokter Bep die wilde weten of mijn moeder het aankon. Mevrouw Visser, die vroeg of ze een bloemetje in de kist mocht leggen 'omdat hij zo'n bijzondere man was'. De mevrouw van de Russische Kerk, die ons tot een maand geleden trouw had opgehaald. De moeder van Kevin, die een enorme pan pindasoep kwam brengen en mijn moeder zo omhelsde dat ze bijna stikte. De halve straat kwam.

Ook de ouders van Rowan.

'Over een poosje is het leven weer gewoon,' zei zijn vader.

'Ja,' zei zijn moeder. 'Alles went.'

Ik zag dat mijn moeder hen graag de trap af had gegooid.

'Wat een vreselijke mensen,' brieste ze. 'Net zo veel gevoel als een keukentafel.'

En daar moest ik erg om lachen.

Want het was raar, we moesten vaak lachen.

Mijn moeder huilde ook veel.

'Ik ben net Jantje-lacht-Jantje-huilt,' zei ze af en toe.

Ik niet.

Het was net of ik geen verdriet had. Of het niet mijn vader was die daar in zijn kist lag, maar de vader van iemand anders. Soms verlangde ik zelfs naar de poort. Om gewoon bij de jongens te zijn.

Mijn vader zou op zaterdag in de middag begraven worden. Het huis stond vol bloemen. Elke dag kwamen er meer bij. Boeketten, kransen, takken. Mijn moeder hield van bloemen en verzorgde ze goed, zodat ze er op de dag van de begrafenis nog mooi uitzagen.

's Morgens ging ik eerst witte anjers kopen. Ik liet ze inpakken zodat mijn moeder ze niet zien kon.

'Wat heb je daar?' vroeg ze.

'Bloemen voor pappa.'

'Lief van je,' zei ze. 'Maar ik had toch al bloemen van ons samen?'

De familie kwam een half uur voor we naar het kerkhof gingen.

Mijn moeder wilde de gordijnen dicht hebben.

'Dat hoort toch zo als er iemand begraven wordt,' zei ze, maar een van mijn ooms protesteerde en zei: 'Dan zitten we hier in het donker, Riet. Dat kan niet.'

De begrafenisauto stond voor de deur.

Mijn vader werd gehaald.

Niemand besteedde er aandacht aan.

Ik hoorde gestommel op de trap en wilde gaan kijken, maar dat mocht niet.

'Je loopt die mensen maar in de weg,' zei mijn oudste tante.

Ik vroeg me af hoe mijn vader in de kist lag, die nu onze smalle trappen werd afgedragen. Zou hij verschuiven? Op zijn zij rollen? Of gewoon blijven liggen zoals hij lag?

Ik liep naar het raam.

Op de stoep stonden wat mensen zwijgend te wachten.

'Ga niet voor het raam staan,' zei mijn jongste tante. 'Dat is niet netjes.'

'Zeg, Riet,' zei mijn oudste oom. 'Wie bedankt er namens onze familie voor de belangstelling?'

'Dat doe ik,' antwoordde mijn moeder.

'Kun je dat aan? Want het moet wel gebeuren.'

Er waren zo veel bloemen dat er een aparte auto nodig was. We stapten in. Ik hield de ingepakte bloemen tegen me aan. Het stond raar, maar niemand zei er iets van.

Eindelijk reden we weg.

Langzaam de straat uit, naar het kerkhof.

Ik wist niet dat mijn vader zo veel mensen kende.

De aula zat propvol.

Er moesten zelfs mensen staan.

Eerst was er een toespraak van mijn vaders baas. Het was net alsof hij mijn vader niet kende. Hij sprak zo saai, zo eentonig, dat waarschijnlijk niemand luisterde. Daarna kwam mijn moeder; mijn oom wilde niks. Zodra ze begon was er aandacht. Het was opeens stiller dan stil. Af en toe snikte er iemand. Tot mijn moeder zei: 'Eigenlijk weet ik niet eens of hij wel zo aardig was.' Toen werd er gelachen. Niemand wist ooit wat mijn vader met zijn rare opmerkingen nu precies bedoelde.

Het was niet de bedoeling dat er na mijn moeder nog iemand zou spreken.

Maar opeens stormde de balletlerares van mijn vader naar voren.

Ze droeg een witte jurk en had een enorme witte strik op haar achterhoofd.

Bij de kist bleef ze staan en zwaaiend met haar armen riep ze: 'Er is geen dood. Er is alleen leven. LEVEN!'

Daarna liep ze als in gebed terug naar haar plaats.

De zon scheen fel in ons gezicht toen we uit de aula kwamen.

Voor ons stond een soort brancard met de kist erop.

Mijn moeder sloeg haar arm om mij heen.

Ik voelde haar lichaam schokken van het huilen, maar bij het graf zag niemand meer iets aan haar. Ze keek voor zich uit, over iedereen heen.

De kist was op dunne kabels gezet en een beetje wiebelend zakte hij naar beneden. Ik was bang dat hij zou vallen en daardoor vergat ik bijna mijn anjers. Ik pakte ze uit. Ze waren prachtig wit, precies zoals mijn vader ze mooi vond. Ik keek in de diepte en gooide ze in het graf.

De bos bonkte zo hard op de kist dat mijn tante ervan schrok.

Ze keek me verwijtend aan.

Mijn moeder had iedereen in haar toespraak al bedankt en we liepen terug naar de aula. Daarna kwam het condoleren, maar ik mocht gelukkig naar buiten.

Net als in de poort zat Kevin met zijn rug tegen de muur.

Ik was zo blij dat hij er was. Ik ging naast hem zitten en zei 'hoi'. Ik wist niet wat ik anders moest zeggen.

We keken een tijdje naar de mensen die naar de koffiekamer gingen om te condoleren. Toen zei Kevin: 'Wat een fijne vader heb jij.'

'Idioot,' snauwde ik, opeens woedend. 'Ik heb geen vader meer. Jij wel.'

'Weet je,' zei Kevin rustig. 'Het maakt niks uit of mijn vader thuis is of in Suriname. Hij is alleen met zijn eigen dingen bezig. Jouw vader niet. Hij was superzorgzaam, Ruub. Hij hield hartstikke veel van je. Ik heb eigenlijk geen vader, maar jij hebt een vader voor altijd. Die vergeet je nooit meer.'

Opeens liepen de tranen over mijn wangen.

Het was geen huilen, geen snikken.

Het was of er achter mijn ogen een kraan was opengedraaid en niet meer dicht kon.

Kevin legde zijn arm om mijn schouders.

Het was fijn, maar het hielp niet.

36

De zondag na de begrafenis draaide het weer om en het re-
gende dagenlang.

Ik was blij, want ik kwam niet graag op straat en helemaal
niet in de poort. Ik was opeens die jongen wiens vader dood
was. Ik had het gevoel dat alle mensen naar me keken. Ik
vond het ook vreselijk om naar school te gaan, maar de meester deed heel gewoon. Een beetje aardiger dan anders en tegelijkertijd of er niets gebeurd was.

De supermarkt vroeg of mijn moeder hele dagen wilde komen werken. Ze twijfelde.

'Dan word jij een sleutelkind.'

'Een sleuteljongen, die zichzelf best redden kan,' zei ik nij-
dig. 'Ik ben geen zes meer.'

'Ben jij nu de man in huis?' zei ze lachend. 'Nou, vooruit
dan maar.'

Er waren stapels brieven en kaarten gekomen. De vloermat
lag elke dag vol, maar pas na de begrafenis begon mijn moeder
te lezen.

'Iedereen schrijft dat pappa zo'n bijzonder mens was,' zei
ze. 'Dat hij altijd dingen zei die andere mensen nooit zeggen.
Nou ja, niet iedereen vond dat leuk. Ik ken ook mensen die
hem niet meer wilden zien.'

'Waarom deed hij dat eigenlijk?'

'Ik denk dat hij grappige dingen zei om zijn gevoelens te
verstoppen. Als hij tegen me zei: "Je ziet eruit alsof je in de
sloot hebt gelegen", bedoelde hij eigenlijk: je ziet er hartstikke moe uit of zoiets. Ik weet het niet. Maar ik ken niemand
die zo goed naar mensen keek en het ook zo goed bedoelde.

Weet je dat hij vroeger briefjes van honderd in de bus deed van arme mensen? Ik kwam er bij toeval achter. Hij deed het stiekem. Ik mocht het niet weten. Ik ben lang niet zo aardig, hoor. Ik heb meteen gezegd: je mag wel wat geven, maar honderd is te veel. Als ik zoiets zei, schudde hij zijn hoofd en zei niks meer.'

We keken avonden lang oude foto's.

Overal zag hij er keurig gekleed uit.

Zelfs toen hij zo oud was als ik.

Op een middag gingen we naar het graf.

Ik stond maar zo'n beetje naar de verdorde bloemen te kijken. Verder wist ik het ook niet. Na een tijdje maakten we een ommetje. Als je de namen las op de grafstenen was het net of er een gezellige familie woonde, maar bij het graf van mijn vader voelde ik niets.

Anders was het in huis, in zijn kamer.

Ik had overal het gevoel dat hij er nog was.

Mijn moeder voelde het net zo.

'Maar het is onzin,' zei ze. 'Hij is er niet meer en wij moeten verder. We gaan er samen iets goeds van maken, Ruben.'

37

Kevin kwam me halen.

Het was warm.

Prachtig weer voor de poort.

'Kijk eens,' zei hij toen we naar buiten liepen.

Aan de overkant stond een verhuiswagen.

'De overbuurvrouw gaat verhuizen,' zei Kevin. 'Eindelijk kunnen we weer voetballen.'

Stef liep al te stuiteren met zijn voetbal.

'Nog even wachten tot ze weg is,' zei Anton. 'Daarna zal ik eens even laten zien wie van ons de beste voetballer is.'

'Jij zeker,' zei Stef.

Hij trok zijn shirt uit en ging met zijn handen achter zijn hoofd op de grond liggen: 'Lekker zonnebaden.'

Het was weer eens bloedheet geworden.

De zon scheen alsof hij de boel in brand wilde steken.

Zelfs de verhuizers aan de overkant hadden er last van. Tussen het sjouwen van meubels door stonden ze af en toe stil om hun voorhoofd af te vegen.

'Hé, jongens,' riep Anton. 'Opschieten hoor. Tijd is geld.'

De overbuurvrouw kwam achter de verhuiswagen vandaan en stak de straat over.

'Hou je brutale mond,' zei ze tegen Anton. En tegen Stef: 'Je ligt erbij als een zwerver. Je moest je schamen.'

'Doe ik ook,' zei Stef, die bleef liggen waar hij lag.

'Die poort is mij al lang een doorn in het oog,' vervolgde de buurvrouw. 'Ik heb zo dikwijls bij de woningcorporatie over jullie geklaagd, maar ze doen er niets aan. Ik ben blij dat ik hier wegga.'

'Wij ook,' zei Rowan, 'want u klaagt altijd. Wij mogen niks van u.'

De overbuurvrouw snoof minachtend.

'Moet je eens kijken hoe jullie erbij lopen. De straat gaat zo achteruit dat geen Nederlander hier nog wonen wil. In mijn huis komen nu vast en zeker Turken.

'Of Surinamers,' zei Kevin.

'In elk geval geen Nederlanders. Ik ben blij dat ik naar de Van Galenlaan ga.'

'De Van Galenlaan?' zei Anton met een vals lachje. 'Hé, jongens, daar wonen toch die hooligans die...'

'In mijn flatgebouw niet. Dat weet ik zeker. Ik ga trouwens vier hoog wonen, dus...'

'Pas maar op uw tas,' jende Stef. 'Ze scheuren langs je op de brommer en rukken zo je tas uit je handen. Ik heb het pas nog gelezen.'

'Ik geloof er niets van,' zei de buurvrouw en liep naar de overkant. 'De Van Galenlaan is een keurige laan. Beter dan deze straat.'

Pas na een paar uur stapte ze in haar auto en reed ze achter de verhuiswagen aan, de hoek om.

'Dat gaan we vieren,' zei Stef en hij kwam met een sprong overeind. Hij hield de bal boven zijn hoofd. 'Wie gaat er in het doel? Wie...'

Aan de overkant ging een voordeur open.

De moeder van Rowan stak met grote passen de straat over.

'Dat voetballen moet afgelopen zijn, jongens. Het is veel te gevaarlijk. Straks komen jullie onder een auto.'

'Maar het is hier doodstil,' zei ik. 'Er komt haast nooit een auto voorbij.'

'Ik heb al tegen Rowan gezegd: 'jullie schoppen maar raak. Jullie zijn toch te groot om op straat te spelen. Vandaag of morgen sneuvelt er weer een ruit.'

Rowan wist niet waar hij kijken moest.

'De buurvrouw was misschien wat lastig,' vervolgde ze, 'maar jullie kunnen ook zo brutaal zijn.'

'Ik ga naar huis,' zei Stef. Hij pakte zijn shirt van de grond en liep zonder groeten weg.

'Dat bedoel ik nu,' zei de moeder van Rowan.

'Is het al zo laat?' riep Kevin. 'Neem me niet kwalijk, mevrouw, ik moet naar huis. Dag allemaal.'

De middag was naar de knoppen.

38

'Rietje,' – mijn moeder was ineens Rietje geworden en mevrouw Visser Ans – 'als je er ooit aan toekomt om te gaan opruimen...' Ze wachtte even, slikte en keek alsof ze zichzelf moed insprak. 'Wij kennen een dominee in Roemenië die te arm is om kleren te kopen. Hij heeft hetzelfde postuur als Johan...' Ze schudde haar hoofd en zei heftig: 'Ik mag dat natuurlijk niet vragen, Johan is nog maar kort dood en...'

'Ik heb er zelf ook al aan gedacht, Ans,' zei mijn moeder. 'Op een dag zal ik er toch aan moeten beginnen, maar nu kan ik het nog niet.'

'Ik heb er ook geen haast mee.'

Toch begon mijn moeder een paar dagen later in zijn kast te rommelen. Ze zocht een paar dingen uit die ze bewaren wilde en belde Ans waar ik bij was: 'Morgen moet ik werken. Neem dan maar wat je nodig hebt.'

Dat was dus mijn vrije vrijdagmiddag.

Ik zag hoe ze alles inpakte wat mijn vader had gedragen: zijn pakken, zijn jassen, overhemden en dassen. Ze deed het zo zorgvuldig, lief bijna, dat het niet akelig was om naar te kijken.

'Je vader heeft hem wel eens vaker kleren gegeven,' vertelde ze. 'Hij is net zo lang als je vader. Hij heeft ook van die grote voeten.'

Ze pakte zijn schoenen in en toen moest ik bijna huilen.

Mijn vader was zo trots op zijn schoenen. Hij had wel tien paar. Hij poetste het zachte leer alsof hij het liefkoosde. (Zei mijn moeder.)

Na een paar uur waren zijn kasten leeg.

Mijn moeder stond 's avonds naar de kale planken en de

lege klerenhangers te kijken. Ze huilde niet. Gelukkig niet. Ze zei: 'Weet je wat zo gek is? Ik was soms kwaad dat hij zo veel ruimte nodig had voor zijn kleren. Nu kan ik alles gebruiken, maar blij ben ik er niet mee.'

'Nee, natuurlijk niet,' zei ik. 'Doe eens een beetje normaal.'

'Je lijkt je vader wel,' zei ze.

En toen moesten we allebei lachen.

'Soms heb ik het gevoel of hij er nog is,' zei mijn moeder. 'Of hij vlak bij me is. Voel jij dat ook?'

Bij mij was het anders.

Ik voerde steeds gesprekken met mijn vader.

Niet in het echt natuurlijk.

In gedachten of zoiets.

Ik kon het moeilijk uitleggen.

Toen ik met mijn moeder bij die lege kasten stond, zei mijn vader: 'En mijn fiets. Die staat daar maar nodeloos in de stalling. Doe dat ding toch weg. Geef hem aan Anton. Die wil hem dolgraag hebben.'

'Maar je bent dol op die fiets,' zei ik in gedachten terug. 'Die kunnen we toch niet zomaar wegdoen?'

Ik zag hem zijn schouders ophalen en zeggen: 'Wou je hem liever laten wegroesten? Doe eens normaal, jongen.'

Ik durfde er niet goed over te beginnen, maar ineens deed ik het toch.

'Mag Anton de fiets hebben, mamma?'

Ze moest het eerst even tot zich door laten dringen.

Misschien dacht ze eraan hoe gehecht hij aan zijn fiets was.

'Als hij er goed voor zorgt,' zei ze ten slotte. 'Pappa zou zelf ook willen dat hij weer gebruikt wordt.'

De volgende dag was een zaterdag.

De lucht was bedekt, maar het was niet koud. Tegen enen zaten we weer bij elkaar in de poort.

Ik zei het maar meteen: 'Anton, wil jij de fiets van mijn vader hebben?'

'Ik?' vroeg Anton stomverbaasd. 'Die mooie fiets?'

'Ja,' zei ik. 'Mijn vader heeft gezegd dat jij hem hebben mag.'

Anton werd achter elkaar vuurrood en sneeuwwit.

'Heeft jouw vader echt gezegd dat ik...'

'Als je er goed voor zorgt, natuurlijk.'

Zijn ogen leken wel een zwembad.

'Tjeee...' stamelde hij. 'Ik...'

'Die fiets is veel te hoog voor jou,' zei Rowan. 'Je kan niet eens bij de trappers.

Je kon zien en horen dat hij barstte van jaloezie.

'Geeft niet,' zei Stef. 'Ik zet het zadel wel wat lager.'

'Kom,' zei ik. 'We gaan hem meteen halen.'

Naast elkaar liepen Anton en ik naar de stalling.

De anderen waren niet meegegaan.

'Die mooie fiets,' zei Anton. 'En dat jouw vader hem aan mij...'

Hij sloeg zijn arm om mij heen.

Wij liepen als broers naar de stalling.

Mijn vader lachte en knikte goedkeurend.

Alsof hij met ons mee liep.

39

Alles over mijn vader had ik in een paar schriften opgeschreven.

Waarom wist ik zelf niet.

Ik had het aan niemand verteld.

Ook niet aan mijn moeder.

Alleen Kevin durfde ik het te laten lezen.

Hij moest af en toe lachen.

'Wat mooi, zo over je vader,' zei hij toen hij alles had gelezen.

'Zo was hij toch, of niet?'

'Ik zie hem een beetje anders,' antwoordde Kevin, 'maar hij was mijn vader ook niet. Wat ga je met die schriften doen?'

'Ik verscheur ze en gooi ze in de container.'

'Ben je gek! Je moet het op de computer zetten en bewaren. Dan kun je het later aan je eigen kinderen laten lezen. Dan weten ze wie hun opa was.' Hij begon te lachen. 'Dan kom ik binnen en dan zeg jij: en dit is nou oom Kevin.'

Dat leek me een goeie!

'En nou naar de jongens in de poort,' zei Kevin.

'We moeten ze niet laten wachten.'

Lees ook:

Dolf Verroen & Hanneke de Jong
Time-out

Roos-Anne ziet tot haar grote verbazing een kunstenaar op
tv die dezelfde achternaam heeft als zij. Een naam die bijna
nooit voorkomt. Haar moeder is niet getrouwd en wil nooit
iets vertellen over haar vader. Zou dit haar opa zijn?
Roos-Anne besluit te mailen. De man die misschien
haar opa is, reageert afwijzend. Maar Roos-Anne houdt vol.
Langzamerhand ontstaat er een bijzondere vriendschap.
Totdat haar moeder erachter komt en haar verbiedt om ooit
nog contact met hem op te nemen...